Frank Bass
Cheyenne-Sommer

Frank Bass

Cheyenne-
Sommer

C. Bertelsmann

1. Auflage
© 1992 C. Bertelsmann Verlag GmbH, München
Umschlaggestaltung: Klaus Renner unter Verwendung
einer Illustration von Dieter Leithold
Satz: Uhl + Massopust, Aalen
Druck und Bindung: Wiener Verlag, Himberg
ISBN 3-570-01433-9 · Printed in Austria

Inhalt

KAPITEL 1

Die jungen Jäger

Am Mittag suchten sie unter einem abgestorbenen Cottonwoodbaum Schutz vor der Hitze. Der Himmel war wolkenlos. Ein schwacher Südwind wehte wie der Gluthauch der Feuerung eines Ofens durch das öde Tal des Buffalo Rivers, der vollkommen ausgetrocknet war. Die Erde zu beiden Seiten des sandigen Flußbettes war so hart, daß nicht einmal mehr in den Senken Gras wuchs, in denen sich zur Regenzeit das Wasser sammelte. Die roten Sandsteinfelsen auf den Hügeln schienen sich in der flirrenden Hitze zu bewegen. Die Sonne brannte unbarmherzig auf diese Einöde nieder und sog die letzten Feuchtigkeitsreserven aus den Stämmen der sterbenden Bäume und aus den Büschen, und selbst unter den weichen Pfoten des listigen Kojoten, der auf der Suche nach Wasser von einem ausgetrockneten Flußbett zum andern zog, zerfiel die Erde zu Staub.

Es waren fünf Cheyenne-Indianer; ein Mädchen und vier Jungen, die regungslos im Schattengewirr des Baumes hockten und auf den Abend warteten. Sie trugen niedrige durchlöcherte Mokassins, alte zerrissene Hemden und schmutzige Tuchhosen. Alle waren bis auf die Knochen abgemagert und dem Verdursten nahe. Das wenige Wasser, das sie noch untereinander aufteilen konnten, trug der jüngste von ihnen in einer verbeulten Blechflasche. Der Junge war so jung, daß ihm noch niemand einen Namen gegeben hatte.

Seit den frühen Morgenstunden waren sie unterwegs. Das Mädchen begleitete die vier Jungen, weil es keine Familie mehr hatte. Es wollte nicht bei den anderen Mädchen im Dorf bleiben. An diesem Morgen hatte es sich noch bei Dunkelheit davongeschlichen, und später war es den vier Jungen einfach gefolgt. Zuerst hatten die vier es davonjagen wollen, aber sie waren schon zu weit entfernt von ihrem Lager im Reservat, und das Mädchen war genauso hungrig und durstig wie sie. Also erlaubten sie dem Mädchen, bei ihnen zu bleiben. Sie waren auf der Jagd, und das war nun schon seit geraumer Zeit eine erbärmliche, unwürdige Aufgabe, die wenig Erfolg und keine Ehre mehr versprach. Die Streifzüge, auf denen sich junge Krieger oft Lob und Anerkennung oder sogar einen wohlklingenden Namen erwerben konnten, gehörten der Vergangenheit an. Pfeil und Bogen waren unnütz geworden. Ein Gewehr brauchte ein Jäger auch nicht mehr. Da, wo die Cheyenne jetzt lebten, nachdem ihnen der Große Weiße Vater ihre Heimat genommen hatte, genügte ein Messer zur Jagd, und oft war sogar ein Messer überflüssig.

Auch auf diesem Jagdausflug hatten die vier Jungen und das Mädchen kein Glück. Alles, was sie bis jetzt erbeutet hatten, war eine kleine, armlange Schlange, die sie in fünf gleich große Teile schnitten und roh aßen. Jetzt hockten sie unter dem Cottonwoodbaum, noch immer hungrig, krank und verzweifelt. Der faulige Wasserrest des Jungen, der noch keinen Namen hatte, reichte kaum mehr für den nächsten Tag.

Unendlich langsam zog die Sonne ihre Bahn. Der Schatten des Baumes wurde länger und kroch davon, aber die Hitze ließ nicht nach. Schließlich erhoben sie sich müde und folgten dem Schatten.

*

Die Sonne näherte sich dem fernen Horizont, als sich der Junge ohne Name plötzlich aufrichtete. Der dünne Schrei eines Vogels hatte die Stille jäh zerrissen. Im Süden, über einer zerklüfteten Felsformation, kreisten mehrere Truthahngeier am Himmel. Der Junge ohne Namen sprang auf und weckte seine Freunde, die im Schatten eines Strauches am Boden lagen.

»Seht, dort drüben muß es etwas zu essen geben!« rief er aufgeregt. »Worauf wollt ihr noch warten? Die Kojoten kommen uns zuvor, wenn wir uns nicht beeilen.«

Sie setzten sich auf und blickten ungläubig in die Richtung, in die der Junge ohne Name mit dem ausgestreckten Arm zeigte.

»Seht nur«, rief der Junge. »Sie verschwinden dort hinter den Felsen, und wenn sie wieder aufsteigen, sind ihre Bäuche so voll, daß sie kaum mehr fliegen können.«

»Bald sind schon die Wölfe dort«, sagte Little Elk, dessen fiebrig glänzende Augen in tiefen Höhlen lagen.

»Nein, Bruder«, widersprach Buffalo Calf, der älteste von ihnen. »Wölfe gibt es hier nicht, weil sie verhungern würden wie wir. Das sind Kojoten, und die leben wie wir leben.«

»Wenn wir jetzt nur ein Gewehr hätten«, sagte Powderface, dessen Gesicht von kaum verheilten Pockennarben bedeckt war. »Mit einem Gewehr gelänge es uns vielleicht, einen Kojoten zu töten und sein Fleisch zu essen.«

»Wir könnten uns satt essen und noch viel Fleisch für die Alten und Kranken und die Kinder im Dorf mitnehmen«, nickte Little Elk.

Das Mädchen sagte nichts. Schon die ganze Zeit, seit es bei ihnen war, hatte es nicht ein einziges Wort geredet. Es blickte auch meistens zu Boden. Die vier Jungen versuchten nicht, das Mädchen zum Sprechen zu bringen. Ein Mädchen war ein Mädchen. Es hätte daheim bleiben sollen. Aber daheim starben die Cheyenne wie Fliegen. Ein schlimmes Fieber raffte sie dahin. Und trotzdem wäre es wohl besser gewesen, wenn das Mädchen daheim geblieben wäre.

»Ich habe ein Gewehr«, sagte jetzt Buffalo Calf. Die anderen glaubten ihm nicht, aber er knöpfte sein zerrissenes Hemd auf und zeigte ihnen einen großen alten Revolver.

»Sechs Kugeln sind da drin, und ich kann mit diesem Gewehr umgehen«, sagte er stolz.

Die Cheyenne sprangen auf und tanzten vor Freude um ihn herum, bis der Junge ohne Name plötzlich umfiel und regungslos am Boden liegenblieb.

Das Mädchen, das am Boden kniete, kroch zu dem Jungen und berührte mit den Fingern sanft seine nackte Brust.

»Was ist mit ihm geschehen?« fragte Buffalo Calf verstört.

»Er war schwach«, sagte das Mädchen leise und richtete sich auf.

»Ist er tot?« fragte Powderface erstaunt.

Das Mädchen erhob sich und ging wortlos davon.

*

»Der Sohn von Standing Elk kann glücklich sein, daß ihn der Große Geist zu sich genommen hat, dorthin wo er nicht zu hungern braucht«, sagte Buffalo Calf ernst.

»Manchmal wünsche ich, wir könnten alle dorthin gehen«, sagte Little Elk leise.

»Nein, ich will dorthin zurückkehren, wo unsere Heimat ist«, sagte Powderface. »Wir gehören nicht hierher. Das ist nicht unser Land.«

Sie trugen Steine zusammen und bedeckten den Leichnam, damit die Kojoten und die Geier nicht an ihn herankommen konnten, bis seine Verwandten ihn holten, um ihn auf dem kleinen Friedhof des Darlington-Reservates zu beerdigen.

Das Mädchen stand die ganze Zeit abseits, ohne sich zu rühren.

Als von dem Leichnam nichts mehr zu sehen war, machten sich die Cheyenne, erschöpft von der Arbeit und beinahe am Ende ihrer Kräfte, auf den Weg, um zu erkunden, was die Geier und Kojoten von der Beute hinter dem Felsen übriggelassen hatten.

Nach einem langen, mühsamen Marsch durch die Ebene erreichten sie die roten Felsen. Buffalo Calf bedeutete den anderen, ihm zu folgen. Er spannte den Revolver und schlich tiefgeduckt und jedes Geräusch vermeidend eine glatte Felswand entlang.

Die schrillen Schreie der Vögel, die hoch in den Lüften kreisten, und die Kläfflaute, mit denen sich die Kojoten verständigten, waren die einzigen Geräusche in der Stille dieses späten Nachmittags. Hintereinander schlichen die Cheyenne bis zum oberen Rand einer senkrecht aufsteigenden Felswand, die von armdicken Quarzadern durchzogen war. Von dort konnten sie in eine sandige Mulde hineinsehen, in der sich, umgeben von mächtigen Felsbrocken, ein ausgetrockneter Wassertümpel befand.

Mitten in der Mulde, wo der Boden glatt und von klaffenden Rissen durchzogen war, lag der faulige Kadaver eines Pferdes, den die Geier und Kojoten in Stücke gerissen hatten. Die Geier beschäftigten sich mit den Eingeweiden, die sie vom Kadaver weggeschleift hatten. Überall zwischen den Felsen lagen Knochen mit halbverwesten Fleischfetzen. Das Pferd war bestimmt schon in der letzten Nacht verendet. Der Kadaver stank erbärmlich. Die Fleischstücke schimmerten bläulich, und um das tote Tier herum war der Boden dunkel vom eingetrockneten Blut. Die Kojoten, die zuerst dagewesen waren und sich satt gefressen hatten, lagen schläfrig und mit dicken Bäuchen im Schatten der Felsen und leckten die Lefzen und Pfoten. Andere beobachteten teilnahmslos, was beim Kadaver vor sich ging.

Buffalo Calf hatte sechs Kugeln in seinem Revolver, und da er in der Reservatsschule rechnen gelernt hatte, konnte er an seinen Fingern abzählen, daß es ihm nicht gelingen würde, alle Kojoten zu erlegen. Es waren nämlich mehr als zehn, eigentlich sogar mehr als drei Hände Finger hatten. Und er wußte auch, daß die hungrigen unter ihnen ihm die Beute nicht ohne Gegenwehr überlassen würden. Von denen, die träge und vollgefressen im Schatten lagen, war nichts zu befürchten. Aber die anderen, die später gekommen und noch nicht satt waren, ließen sich bestimmt nicht einfach vertreiben. Die Alten des Stammes sagten, daß Bruder Kojote einem Streit aus dem Weg ging, wenn es sich vermeiden ließ. Aber die jungen Cheyenne hatten auch gelernt, daß Bruder Kojote schlau und verschlagen war und niemals eine Beute aufgab, wenn er merkte, daß ihm seine Gegner unterlegen waren.

Außerdem, und das wußten alle, war Bruder Kojote ungenießbar. Selbst die alten Monster der Frühzeit, von denen die Alten unglaublichste Geschichten zu erzählen wußten, hatten sich davor gehütet, Bruder Kojote zu essen.

Nun, jetzt waren andere Zeiten, und von Fliegen und Eidechsen wurden die Leute im Dorf nicht satt.

Da der Wind von Süden kam, hatten die Kojoten den Geruch der Cheyenne noch nicht gewittert. Als Buffalo Calf sich jedoch aufrichtete, entdeckte ihn einer der Kojoten. Er duckte sich und spähte mißtrauisch zum Felsgrat hoch. Plötzlich stieß er einen heiseren Kläfflaut aus, mit dem er die anderen auf die Gefahr aufmerksam machte.

»He, Bruder, was sagst du dazu, daß wir dich und einige deiner Brüder essen werden«, sagte Buffalo Calf, während er zielte.

Er wartete einige Sekunden auf eine Antwort. Als jedoch keine kam, krümmte er den Finger am Abzug. Der Kojote brach im Krachen des Schusses zusammen.

Sofort spannte Buffalo Calf wieder den Hammer und erlegte mit dem nächsten Schuß einen mageren Rüden, der ein Stück des toten Pferdes zwischen die Felsen schleifen wollte. Die anderen jagten nun in alle Richtungen davon. Nur einer, der im Schatten der Felsen gelegen hatte, erhob sich und zog die Lefzen von seinen gelben Zähnen.

»Er ist der einzige, der mutig ist und kämpfen will«, rief Powderface aus.

»Nein, er ist alt und blind«, rief Little Elk.

»Du hast zuviel gefressen, Bruder!« rief Buffalo Calf dem Kojoten zu, der unschlüssig in der Mulde stand. »Dein Bauch ist zu schwer zum Laufen!«

Verwirrt blickte der Kojote zum Felsgrat hoch.

»Lauf, Bruder!« rief ihm der junge Cheyenne zu, aber anstatt die Flucht zu ergreifen, trottete der Kojote zu einem seiner toten Artgenossen und begann an ihm herumzuschnüffeln.

»Er will nicht mehr leben«, sagte Little Elk. »Vielleicht gehört auch er nicht hierher in dieses Land.«

Der Kojote stieß ein klagendes Heulen aus und schlug dann seine langen Fänge in das Fell des toten Tieres. Er zerrte an ihm, so als wollte er es dazu bewegen, sich zu erheben und mit ihm zu gehen.

»Geh du mit ihm, Bruder!« rief Buffalo Calf, während er den Revolver hob und schoß.

Schließlich lagen vier tote Kojoten in der Felsmulde. Die anderen waren längst verschwunden. Am Himmel kreisten die Geier. Sie wagten es nicht, sich auf die Felsen zu setzen.

Die drei jungen Cheyenne und das Mädchen kletterten vom Felsgrat herunter und liefen mit gezückten Messern auf die erlegten Kojoten zu. Wie hungrige Wölfe stürzten sie sich auf die toten Tiere und begannen sofort, die noch warmen Kadaver abzuhäuten. Keiner von ihnen dachte an die Warnungen der alten Männer des Stammes: »Wer sich an Bruder Kojote vergreift und ihn tötet, hat selbst nicht mehr lange zu leben.« Es waren schlimme Zeiten angebrochen. Die Cheyenne wußten es, denn daheim starben die alten weisen Männer einer nach dem anderen, und niemand kümmerte sich um ihre Warnungen.

*

Aus zähen Ästen eines Busches hatten die drei Cheyenne drei Tragschleppen zusammengebunden, auf denen sie die toten Kojoten festzurrten.

Die drei Jungen und das Mädchen sahen schrecklich aus. Ihre Gesichter und Kleider waren blutverschmiert. Bevor sie ins Dorf zurückkehrten, hätten sie sich gern sauber gemacht und herausgeputzt, wie es früher die Jäger nach einer erfolgreichen Jagd getan hatten. Aber das war jetzt nicht möglich, denn es gab nirgendwo Wasser, außer in dem Brunnen der Agentur, und dorthin mochten sie nicht gehen.

Es war eine mühevolle Arbeit, die vier schweren Kadaver auf den Schleppen durch das steinige Gelände zu ziehen. Sie kamen nur langsam voran. Oft machten sie Pausen, um zu verschnaufen und Kräfte zu sammeln. Das Gelände war hügelig und von tiefen ausgetrockneten Gräben durchzogen, die sie, einen nach dem anderen, zu durchqueren hatten.

Schon nach weniger als drei Meilen waren sie am Ende ihrer Kräfte. Sie verharrten am Rande eines breiten sandigen Bachbettes, an dem die Büsche noch nicht alle verdorrt waren. Plötzlich tauchte in einiger Entfernung über einer Bodenwelle eine Kavalleriepatrouille auf. Die Cheyenne warfen sich sofort nieder und rutschten über die Böschung hinunter in das Bachbett hinein.

Während die drei Jungen liegenblieben und sich klein machten, rannte das Mädhen im Schutze der Uferböschung davon, ohne daß die Soldaten es sehen konnten. Es rannte, solange es konnte. Dann fiel es hin, und es kroch unter die überhängende Uferböschung und versteckte sich zwischen den Wurzelarmen eines abgestorbenen Cottonwoods, den ein Sturm umgerissen hatte.

*

Sobald Buffalo Calf zu Atem gekommen war, kroch er zum Rand der Böschung hoch und spähte durch das Geäst des Ufergestrüppes zum Hügel hinüber.

Es waren zwölf Soldaten, die von einem jungen Lieutenant geführt wurden. Die letzten Strahlen der untergehenden Sonne spielten im flatternden Kompaniewimpel, der von einem Sergeant mitgeführt wurde.

Der Lieutenant und seine Soldaten waren von zwei Zivilisten begleitet, die anders aussahen als die Weißen der Agentur. Beide hatten dunkle Bärte, und sie trugen große Hüte und patronengespickte Waffengurte mit Revolvern. An ihren Stiefeln glänzten große Sporen.

Buffalo Calf bemerkte zu seinem Schreck, daß die Reiterpatrouille am Fuße des Hügels auf die Fährte von ihm und seinen Gefährten stieß. Der Lieutenant ließ den Trupp anhalten, nahm den Hut ab und wischte sich mit einem Tuch den Schweiß von Gesicht und Nacken.

Einer der beiden Zivilisten zeigte unmißverständlich nach Süden, wo noch immer mehrere Geier am Himmel kreisten.

Buffalo Calf konnte einige Wortfetzen vernehmen, verstand sie aber nicht. Er sah, wie der Lieutenant sich im Sattel umdrehte und seinen Soldaten einen Befehl gab. Die Soldaten zogen ihre Gewehre aus den Scabbards und hängten sie an die Brustriemen.

Auf den nächsten Befehl des Lieutenants schwenkte der Trupp auf die Fährte ein. Buffalo Calf wußte, daß er sich jetzt nicht mehr zu verstecken brauchte. Er gab den anderen ein Zeichen und ließ den alten Revolver im Hemd verschwinden. Langsam stand er auf und hob beide Hände hoch, die Handflächen den entgegenkommenden Reitern zugewandt. Little Elk und Powderface gesellten sich nun zu ihm und hoben zum Zeichen, daß sie nichts Böses im Schilde führten, ebenfalls ihre Hände.

Der Lieutenant ließ seinen Trupp anhalten. Der Staub, den die Pferde aufgewirbelt hatten, trieb wie Nebel im Wind.

»Das sind die roten Schurken, Burton!« sagte einer der Zivilisten rauh. Er war ein grobschlächtiger Mann, dessen Vollbart auf der linken Gesichtshälfte von einer hellen Narbe geteilt war. »Am besten ist es, wenn wir kurzen Prozeß machen und sie alle drei aufhängen.«

Zustimmendes Gemurmel erklang aus den Reihen der Soldaten. Der Offizier richtete sich im Sattel etwas auf. Mit prüfendem Blick musterte er die drei zerlumpten Gestalten.

»Den Spuren nach sind es vier«, sagte ein anderer Zivilist. Er war ein langbeiniger Mann mit einem hageren Gesicht und zwei Revolvern. Am linken Ohr trug er einen goldenen Ring. Hart trieb er sein Pferd an und ritt zur Uferböschung. Dort zog er sein Winchestergewehr aus dem Sattelschuh. »Einer muß abgehauen sein!« knurrte er, während er das ausgetrocknete Flußbett hinauf- und hinunterspähte.

»Ihr da, versteht einer von euch vielleicht Englisch?« fragte der Lieutenant die drei Cheyenne, die sich nicht vom Fleck rührten.

Der Mann mit dem goldenen Ohrring kam zurückgeritten. Er steckte die Winchester wieder inden Scabbard. »Einer ist uns entkommen«, sagte er. »Worauf warten wir eigentlich, Boss? Wenn wir uns beeilen, kriegen wir den vierten auch noch.«

»Am schnellsten ging es, wenn wir diese drei auf der Stelle erschießen!« stimmte ihm der Mann mit der Narbe zu. »Das wäre angenehmer für uns, so wie die stinken.«

»Wie Kojoten stinken die«, sagte der Mann mit dem Ohrring mit gerümpfter Nase.

»Also, Lieutenant, machen wir vorwärts«, sagte der Mann mit der Narbe und zog seinen großen Revolver.

»Halt, Mr. Tucker!« Der Lieutenant hob die Hand. »Ich will mir zuerst anhören, was sie uns zu sagen haben. Noch ist nicht erwiesen, daß es sich bei diesen jungen Cheyenne um Pferdediebe handelt.«

»Sie haben das Pferd geklaut, Lieutenant Burton. Darauf können Sie sich verlassen.«

»Und wie erklären Sie sich, daß sie das Pferd nicht bis in ihr Dorf getrieben haben, was viel leichter gewesen wäre, als das Fleisch dorthin zu schleppen, Mr. Tucker?«

»Wahrscheinlich konnten sie nicht mehr länger warten, ihre Bäuche vollzuschlagen, Lieutenant!« erwiderte Tukker spöttisch. »Die haben doch schon wochenlang nichts mehr zwischen die Zähne bekommen.«

Der Mann mit dem Ohrring lachte gehässig auf und zog seine beiden Revolver.

»Sachte, Payton!« warnte der Lieutenant und beugte sich im Sattel vor. »Spricht einer von euch Englisch?« wiederholte er seine Frage von vorhin und ritt ein paar Schritte auf die Cheyenne zu. Der Lieutenant brauchte sie nur einige Sekunden lang anzusehen, um zu erkennen, daß er von diesen drei Jungen nichts erfahren würde. Hinter ihm lachte Tucker spöttisch. »Um Pferde zu klauen, braucht eine Rothaut nicht englisch zu lernen, Burton!«

Der Lieutenant rief nach seinem Sergeant. »Fragen Sie, ob einer der Männer ihre Sprache versteht«, forderte er den Unteroffizier auf.

»Kann einer von euch Cheyenne?« rief der Sergeant den Soldaten zu.

Niemand meldete sich. »Sir, wir können sie trotzdem nicht einfach niederschießen«, gab der Sergeant zu bedenken. »Sie wissen, wie gespannt die Lage im Reservat zur Zeit ist.«

Der Lieutenant zog sein Pferd herum.

»Ich habe Sie nicht um Ihre Meinung gebeten«, fuhr er den Sergeant an. Dann nickte er dem Mann mit der Narbe zu.

»Sie gehören Ihnen, Mr. Tucker.«

Tucker gab seinem Pferd heftig die Sporen. Die drei jungen Cheyenne waren von diesem plötzlichen Angriff so überrascht, daß sie sich erst im letzten Moment zur Seite werfen wollten, um dem mächtigen Pferd auszuweichen. Aber dazu war es jetzt zu spät. Tucker sprengte in sie hinein und stieß sie mit kräftigen Fußtritten zu Boden.

19

Bevor sie wieder aufspringen konnten, trieb Payton, der Mann mit dem Ohrring, sein Pferd hart an. Dabei schwang er sein Lasso, und im nächsten Moment flog die Schlinge durch die Luft und fiel über Little Elk, der dabei war, sich zu erheben. Buffalo Calf riß unterdessen seinen Revolver aus dem Hemd, aber als er abdrückte, fiel der Hammer auf eine leere Hülse. Tucker ritt ihn nieder und schoß auf den fliehenden Powderface, der die Böschung hinunterjagte.

»Warte mal, du roter Schuft!« brüllte Tucker, und er trieb sein Pferd hart durch das Gestrüpp in das Bachbett hinein. Powderface rannte, als säße ihm der Teufel im Nacken. Er erreichte das gegenüberliegende Ufer und kletterte einen steilen Hang hinauf. Hinter ihm verstummte der Hufschlag. Der Junge kletterte weiter, aber als er sich an einem aus der Böschung ragenden Wurzelarm hochziehen wollte, gab dieser nach. Haltlos rutschte er die Böschung hinunter und blieb im Bachbett liegen. Erdschollen und loses Geröll kollerten auf ihn hinunter. Er hob den Kopf und erstarrte. Der Mann mit der Narbe stand über ihm und zielte mit dem Revolver auf ihn. Als sich Powderface zur Seite werfen wollte, krachte der Schuß. Die Kugel traf ihn mitten in die Brust und warf ihn gegen die Böschung, wo er haltlos zusammensackte. Er spürte nicht mehr, wie ihm eine Lassoschlinge über den Fuß gestreift wurde.

Tucker zog den toten Jungen am Seil durch das Bachbett zum gegenüberliegenden Ufer. Dort lag Buffalo Calf tot am Boden. Little Elk war unterdessen von Payton zum einzigen Baum geschleift worden, den es hier gab. Mit der Schlinge um den Hals kniete er vor dem Reiter, der das andere Ende seines Lassos über einen starken Ast gezogen hatte.

Etwas entfernt waren die Soldaten abgesessen und rauchten Zigaretten. Sie hockten auf den Steinen und blickten herüber. Nur der Sergeant saß auf seinem Pferd. Jetzt kam er herübergeritten, zügelte unter dem Baum sein Pferd und wandte sich an den Mann mit der Narbe.

»Man müßte ihnen wenigstens die Gelegenheit geben, sich zu verteidigen«, sagte der Sergeant grimmig. »Ich muß Ihnen gestehen, Mr. Tucker, die Sache gefällt mir ganz und gar nicht.«

Tucker lachte auf und beugte sich zu Little Elk hinunter. »Hast du noch etwas zu sagen?« fragte er höhnisch. Da begann Little Elk, leise ein Totenlied zu singen.

»Sehen Sie, Sergeant, das sind ganz verstockte Halunken. Sie klauen unsere Pferde, und ihren Sitten nach ist Pferdediebstahl eine Heldentat, auf die dieser hier stolz sein könnte, wenn wir ihn nicht aufhängen würden.«

»Ich frage mich nur, warum Kojotenfleisch auf den Schleppen liegt und sie das Pferdefleisch zurückgelassen haben.«

»Und ich sage Ihnen, daß sie das Pferd halb aufgefressen haben, Sergeant«, antwortete Tucker. »Und dann haben sie auf die Kojoten gewartet und einige abgeschossen, um sie als Beute in ihr Dorf zu bringen. Machen Sie sich nur keine Gedanken, Sergeant. Es ist schließlich nicht das erste Mal, daß wir einen Pferdekadaver auf Reservatsgelände finden, nicht wahr?«

»Ein Pferd kann sich verlaufen, Mr. Tucker.«

»Meine Pferde verlaufen sich nie!« gab Tucker dem Sergeant hart zur Antwort. »Los, häng ihn auf, Payton!«

21

Der Mann mit dem Ohrring ritt langsam an. Das Lasso straffte sich. Little Elk wurde langsam auf die Beine gezogen, bis er schließlich nur noch mit den Zehenspitzen den Boden berührte. Payton hielt sein Pferd kurz an und blickte über die Schulter zurück.

»Hoch mit dem roten Pferdedieb!« rief Tucker heiser. Payton spornte sein Pferd hart an, um es sofort wieder zu zügeln, sobald Little Elk in der Luft hing.

»So, da ist Gerechtigkeit getan, Sergeant«, meinte Tucker lakonisch. »Was meinen Sie, wie lange das dauert?«

»Keine Ahnung, Mr. Tucker«, sagte er.

Er zog sein Pferd herum und ritt zu den anderen Soldaten zurück.

»Was ist mit dem, der entkommen ist?« fragte Payton seinen Boss. »Der ist bestimmt noch nicht weit weg.«

»Der krepiert dort draußen, zu Fuß und ohne Wasser«, antwortete Tucker.

KAPITEL 2

Land des Todes

Die Sonne brannte unbarmherzig auf die beiden Reiter nieder, die einem alten Indianerpfad durch die Hügel folgten. Der Weg zur Darlington-Agentur führte durch einen Canyon, dessen Felswände mindestens hundert Yards senkrecht aufstiegen. Im Grunde des Canyons lagen zersplitterte Felsbrocken, die im Laufe der Jahrhunderte von den zerklüfteten Klippen abgebrochen und über die Steilwände heruntergefallen waren.

Am Ende der Schlucht, dort, wo die Hügel in eine zerfurchte Ebene ausliefen, hielten die beiden Reiter ihre müden Pferde an.

Chris Kane nahm den Stetson vom Kopf, fuhr mit den gespreizten Fingern durch sein staubfarbenes Haar und wandte sich an seinen Gefährten, einen hünenhaften Schwarzen, der vornübergebeugt auf einem stämmigen Grauen saß und grimmig in die Einöde hinausblickte.

»Irgendwo dort draußen muß sich die Agentur befinden«, sagte Chris Kane mit spröder Stimme.

Jefferson Freeman nahm die Wasserflasche vom Sattel und trank einen Schluck, bevor er sie Chris Kane reichte.

»Ziemlich trostlose Gegend, Boss«, sagte er, während er sich mit dem Handrücken über den Mund fuhr. »Kein

Wunder, daß die Cheyenne nicht in diesem Reservat bleiben wollen.«

Chris ergriff die Flasche, die ihm sein Begleiter hinstreckte. Er trank ein wenig von dem lauwarmen Wasser und gab die Flasche dem Schwarzen zurück, der sie wieder am Sattel festmachte. Dann ritten sie weiter. Die Sonne überschritt jetzt ihren höchsten Punkt, und die Hitze wurde noch schlimmer. Seit zwei Tagen hatten sie kein Wasser mehr gesehen, obwohl sie mehrere Flußbette durchquerten, die jedoch alle ausgetrocknet waren. Auch die Ebene, über die sie jetzt ritten, zeigte kaum mehr einen Hauch von Grün, außer dort, wo Kakteen und Agaven aus dem dürren Gras ragten.

Als die beiden Reiter ein breites sandiges Flußbett durchquerten, bemerkten sie am gegenüberliegenden Ufer einige Gestalten, die sich von der steilen Böschung und dem kahlen Gestrüpp kaum abhoben.

»Indianer«, sagte Chris Kane, überrascht, daß sie die Leute nicht früher erspäht hatten. »Kannst du erkennen, ob es sich um Comanchen, Kiowas oder Cheyenne handelt?«

»Es sind Cheyenne, Boss«, antwortete der Schwarze. Sie ritten langsam weiter.

»Woran erkennt man einen Cheyenne?«

»An der Haartracht, Boss. Und an den Kleidern.«

»Sie tragen Lumpen.«

»Nicht alle. Siehst du diese beiden dort? Einer liegt im Schatten der Böschung, und der andere steht daneben. Er trägt ein Jagdhemd, dessen Nähte verziert sind. Und der, der am Boden liegt, hat sein Gesicht schwarz angemalt. Das hat seinen Grund.«

24

»Welchen Grund?«

»Er erwartet den Tod, Boss. Wahrscheinlich ist er krank. Oder alt.«

»Was meinst du, was sie in den Säcken mitschleppen, die dort liegen?«

»Du hast bald Gelegenheit, sie selbst zu fragen«, antwortete Jeff, als der Indianer mit dem Hirschlederhemd aus dem Schatten trat und langsam auf sie zukam.

Chris und Jeff zügelten ihre müden Pferde. Der Indianer kam noch einige Schritte näher und blieb dann etwas krumm vor ihnen stehen.

»Es muß ein Häuptling sein, Boss«, sagte Jeff leise. »An seinem alten Hemd hängen Haare von mindestens einem Dutzend Skalps. Soviel ich weiß, verbietet man ihnen, im Reservat solches Zeug zu tragen.«

»Eine Schweinerei ist das«, antwortete Chris Kane, und Jeff wußte nicht, ob er damit das Tragen von Menschenhaar am Hemd meinte oder die Tatsache, daß den Indianern im Reservat dieser traditionelle Brauch abgesprochen wurde.

Chris Kane tippte mit dem Finger an die Krempe seines Hutes. »Hallo«, grüßte er. »Wir befinden uns auf dem Weg zur Darlington-Agentur, falls wir uns in dieser gottverlassenen Einöde nicht verirrt haben.«

Nichts rührte sich im Gesicht des Indianers. Er starrte Chris Kane unverwandt an.

»Ich bin Chris Kane aus Texas«, sagte Chris. »Und der Schwarze heißt Jefferson Freeman. Wie weit ist es bis zur Agentur?«

Der Indianer zeigte wortlos in die Ebene hinaus, die in weiter Ferne vom wolkenlosen Himmel begrenzt wurde.

»Dort«, sagte er mit kehliger Stimme. Noch bevor ihm Chris eine weitere Frage stellen konnte, drehte er sich um und ging zu seinen Leuten zurück.

»Ziemlich wortkarger Bursche«, stellte Jeff fest. »Sieht aus, als wollte er, daß wir ihm folgen.«

»Ohne Einladung?« Chris blickte zu den abgemagerten Gestalten hinüber, die im Uferschatten hockten und sie mit mißtrauischen Blicken beobachteten. Auf einigen Tragschleppen lagen alte Leute und Kinder. Einige der Kinder waren bis auf die Knochen abgemagert, hatten aber dicke, aufgequollene Bäuche.

»Kein schöner Anblick«, sagte Jeff. Sie folgten dem Indianer zur Uferböschung hinüber. Dort drehte sich dieser um. »Sie sind alle krank«, sage er. »Ich bringe sie zur Agentur.«

»Warum sind sie krank?« fragte Chris den Indianer.

»Der Hunger hat sie krank gemacht«, antwortete dieser. »Und das Fieber. Fast alle werden sterben.«

»Und was ist in den Säcken?« Chris zeigte auf ein paar schmutzige Säcke aus Zeltstoff.

»Tote Kinder.«

Chris wußte nicht, was er darauf hätte antworten sollen. Er benetzte mit der Zunge die Lippen. So wie es aussah, waren diese Leute alle am Verhungern oder von der Cholera, vom Typhus oder von anderen Krankheiten befallen. Die Gesichter der alten Leute waren voller schwarzer Flecken, die Arme und Beine der Kinder so dünn, daß die Haut lose von den Knochen hing.

»Gibt man euch nichts gegen die Krankheiten?« fragte Chris rauh. »Keine Medizin? Keine Pflege?«

»Es gibt keine Büffel hier. Es gibt kein Wild. Sieh dich

um, Kane. Das Land ist tot. Der Himmel ist tot. Steig vom Pferd und grabe im Sand. Du wirst keinen Tropfen Wasser finden.«

»Und warum wehrt ihr euch nicht?«

»Wir sind auf dem Weg zu White Head, um ihm die toten Kinder zu zeigen. Das ist unsere Art zu kämpfen, seit man uns hierher, in dieses Reservat gebracht und uns die Waffen genommen hat. Die Toten sind jetzt unsere Waffen. Aber oft taugen sie nichts, denn die Herzen der weißen Männer sind kalt wie Eis. Sie wollen unser Volk vernichten. Der Tag ist nicht mehr fern, an dem der letzte von uns sterben wird.«

»Wer bist du?« fragte Jeff den Indianer.

»Die Weißen nennen mich Little Wolf.«

»Ich habe schon von ihm gehört, Boss«, erklärte Jeff ruhig.

»Er und Stumpfes Messer sind die zwei großen Cheyenne-Häuptlinge. Der Kranke dort drüben muß Stumpfes Messer sein.«

Little Wolf nickte. »Das ist Dull Knife«, bestätigte er Jeffs Vermutung. »Er ist sehr krank, aber er gibt nicht auf. Er will White Head noch einmal bitten, uns in unsere Heimat zurückkehren zu lassen, bevor unsere jungen Krieger zu den Waffen greifen. Sie sind nicht mit uns, weil sie nicht mehr mit White Head reden wollen. Bald ist unsere Geduld zu Ende. Dann wird niemand sie daran hindern können, dorthin zurückzukehren, wo sie geboren wurden, auch die Soldaten nicht!«

»Und du, Little Wolf? Wirst du die jungen Krieger begleiten?«

»Ich will noch einmal mit White Head reden. Was danach geschieht, weiß ich nicht.« Little Wolf zeigte zu einem großen Cottonwood hinüber, der beinahe kahl war. »Ich will, daß mein Volk lebt. Ich will, daß meine Kinder eine Zukunft haben. Siehst du die Gebeine, die dort unter dem Baum liegen? Das sind die Knochen von drei jungen Cheyenne, die vor einigen Tagen dort umgebracht wurden.«

»Von wem?«

»Es gibt viele Spuren dort, die uns sagen, daß diese drei Kinder von Soldaten getötet wurden. Diese drei Kinder verließen unser Dorf, um zu jagen. Es gelang ihnen, mehrere Kojoten zu erlegen. Dafür wurden sie getötet.«

»Das kann ich nicht glauben«, sagte Chris hart.

Little Wolf runzelte ärgerlich die Stirn.

»Du magst glauben, was du willst, Kane. Ich jedoch sage dir, daß Little Wolf niemals lügt.«

»Dann werde ich White Head davon erzählen«, erwiderte Chris.

»Wir sind mit einer Herde von Rindern unterwegs zur Agentur. Diese Rinder sind für euch bestimmt.«

»Hat White Head euch gerufen?«

»Keine Ahnung, Chief. Es soll die Herde sein, die man euch versprochen hat.«

»Wo sind diese Rinder?«

»Noch weit im Süden. Noch mindestens zehn Tagesritte.«

»Warum kommst du allein?«

»Mein Vater hat uns vorausgeschickt. Ich muß mit White Head sprechen. Dieser schwarze Mann neben mir war vor zwei Monaten mit hundert Rindern unterwegs. Viehdiebe haben ihm die Rinder gestohlen und seine

Leute erschossen. Nur er kehrte schwer verletzt zurück, ohne ein einziges Rind. Dort, wo wir herkommen, besaß er eine kleine Ranch, und die hundert Rinder waren der größte Teil seiner Herde. Weil sie ihm gestohlen wurde und er kein Geld für die Rinder erhielt, mußte er sein Haus und seinen ganzen Besitz verkaufen. Mein Vater und ich, wir wollen dafür sorgen, daß uns nicht dasselbe geschieht. Deshalb bin ich zuerst allein hergekommen.«

Little Wolf blickte die beiden Reiter nachdenklich an.

»Wer war es, der die Rinder gestohlen hat?« fragte er schließlich.

»Weiße und Indianer«, sagte Jefferson Freeman hart.

»Keine Cheyenne?«

»Sie kamen nachts, als es dunkel war wie unter einer Decke. Ich habe nicht gesehen, wer sie waren.«

»Waren die Rinder für mein Volk bestimmt?«

»Für die Cheyenne und die Arapahoe vom Darlington-Reservat.«

»Warum hätten dann Cheyenne die Rinder stehlen sollen?«

»Wir wissen nicht, wer sie gestohlen hat«, sagte Chris.

»Wir verhungern. Hätten wir die Rinder gestohlen, wären wir satt. Außerdem verbrüdern wir uns nicht mit weißen Viehdieben.«

»Dann sage mir, wer die Rinder gestohlen hat.«

»Das weiß ich nicht.« Little Wolf wandte sich ab und ging davon.

»Ich werde mit White Head reden«, rief Chris dem Häuptling nach. »Bevor wir mit unseren Rindern hierherkommen, will ich sicher sein, daß wir nicht überfallen werden. Die Soldaten sollen uns begleiten.«

Little Wolf blieb stehen und wandte sich um. »Macht schnell«, sagte er. »Mit jedem Tag, den wir warten müssen, sterben mehr von uns.«

Chris Kane und Jefferson Freeman verharrten einige Sekunden still auf ihren Pferden, dann ritten sie langsam zwischen den lagernden Indianern hindurch aus dem Flußbett.

*

Am späten Nachmittag erreichten Chris Kane und Jefferson Freeman die Agentur des Darlington-Reservates, in dem der Stamm der nördlichen Cheyenne-Indianer ein schreckliches Gefangenendasein fristete. Die Agentur bestand aus mehreren kleinen Bretterhäusern, die links und rechts an der staubigen Durchfahrtsstraße standen und auf die beiden Reiter einen ziemlich schäbigen Eindruck machten.

»Wenn es hier kein Bier gibt, reite ich gleich wieder weiter, Boss«, sagte Jefferson Freeman mit spröder Stime, während er nach einem Saloon oder einem Restaurant Ausschau hielt.

»Mann, sag nicht andauernd Boss zu mir«, gab Chris ärgerlich zurück. »Erstens bist du mindestens hundert Jahre älter als ich, und zweitens kann ich nichts dafür, daß dir mein Vater in aller Freundschaft die Ranch abgeknöpft hat, als er die Gelegenheit dazu hatte.«

»Reg dich nicht auf, Boss, sonst kriegst du 'nen grauen Bart, falls dir mal einer wächst«, antwortete der Schwarze, während sie auf ihren staubbedeckten Pferden langsam auf ein Gebäude zuritten, das als einziges zwei Stockwerke hatte.

Es befand sich niemand auf der Straße. Die Häuser warfen dunkle Schatten über die tiefen Radfurchen. Ein struppiger Hund kroch unter einem Vorbau hervor und streckte sich gähnend. Vor dem zweistöckigen Gebäude zügelten Chris Kane und Jefferson Freeman ihre Pferde. An einem blankgescheuerten Holm standen zwei saubere, hochbeinige Fuchsstuten, die das Brandzeichen der US-Armee trugen. An einem Fahnenmast neben dem Haus hing ein Sternenbanner schlaff im lauen Abendwind. Unter einem Schattendach aus Astwerk und Stroh erspähten die beiden Reiter nun zwei Frauen, die damit beschäftigt waren, schmutzige Hemden zu waschen. Jefferson Freeman lüftete seinen Hut und ritt auf sie zu. Als er beim Schattendach anlangte, ließ er sein Pferd ein bißchen tänzeln und verbeugte sich im Sattel, als wäre er ein mexikanischer Edelmann.

»Gestatten, meine Damen, daß ich mich vorstelle. Jefferson Davis Freeman der Erste. Mein Großvater war ein berühmter afrikanischer König, meine Mutter eine schöne Prinzessin, die von Sklavenjägern verschleppt wurde.«

Die ältere der beiden Frauen blickte auf, während die jüngere sich weiterhin mit der Wäsche beschäftigte.

»Die Tugend der Zurückhaltung ist euch schwarzen Königskindern wohl fremd«, sagte sie und wischte sich mit dem Unterarm den Schweiß vom Gesicht. »Dein Gaul sieht müde und durstig aus, Cowboy. Dort drüben ist ein Brunnen.«

»Oh, den habe ich wohl beim Vorbeireiten übersehen, weil ich mich von Ihrer Schönheit blenden ließ, Madam«, antwortete Jeff. »Wenn Sie mir sagen, wo ich Sie heute

31

abend finden kann, erlaube ich mir, Sie zu einem Spaziergang im Mondschein einzuladen.«

Die Frau schmunzelte. »Und wenn mein Mann davon erfahren würde, Cowboy?«

Bevor Jeff darauf eine Antwort geben konnte, ging die Tür einer kleinen Bretterhütte auf. Ein riesiger Mann trat gähnend auf den Vorbau und kratzte sich den dicken, dicht behaarten Bauch.

»Das ist Harry Boone, mein Mann«, sagte die Frau.

Harry Boone, dessen Schädel kahlgeschoren war, spuckte im hohen Bogen aus.

»N'Abend«, sagte Jeff.

Der Riese grunzte, drehte sich um und verschwand wieder im Haus.

»Was sagst du nun, Cowboy?« fragte die Frau.

»Beeindruckend, Ma'am«, gab Jeff fassungslos zu.

Sie lachte, während sie sich aufrichtete und mit einem Schürzenzipfel den Schweiß von ihrem Gesicht wischte.

»Judy ist mein Name, Judy Boone, und das Walroß im Haus ist nicht mein Mann, sondern mein Bruder Harry.«

»Gott sei Dank«, entfuhr es Jeff mit einem Seufzer der Erleichterung. »Dann ist ja meine Chance gar nicht so schlecht.«

»Was für eine Chance, Cowboy?« Judy Boone kam jetzt hinter dem Waschbecken hervor.

»Die Chance, Sie auf einem Spaziergang besser kennenzulernen«, sagte Jeff.

Das Gesicht der Frau wurde plötzlich ernst. Mit einem forschenden Blick schaute sie zu ihm auf.

»Wo kommst du her, Cowboy?« fragte sie.

»Texas«, sagte Jeff, der noch immer den Hut in der

Hand hielt. »Wir sind vor zwei Wochen mit einer Herde vom Brazos River aufgebrochen. Sobald wir die Rinder abgeliefert haben, reite ich dorthin zurück.«

»Und wer wartet dort am Brazos River auf dich?«

»Niemand, Madam«, sagte Jeff ernst. »Ich hatte eine kleine Ranch dort. Vor einigen Monaten erhielt ich einen Regierungsauftrag, eine Herde Rinder hierher, ins Darlington-Reservat zu bringen. Die Rinder waren für die Cheyenne bestimmt, damit sie nicht verhungern. Auf dem Weg hierher wurden wir von einer Bande von Viehdieben überfallen.«

»Davon habe ich gehört«, sagte Judy Boone. »Keiner hat den Überfall überlebt.«

»Ich habe ihn überlebt«, sagte Jefferson Freeman, und jetzt stülpte er sich den Hut auf den Kopf. »Madam, ich weiß nicht, wie lange wir hierbleiben, aber wenn ich zum Brazos zurückreite, könnten Sie mich begleiten, wenn Sie wollen.«

»Ich?« Judy Boone blickte ungläubig zu ihm auf.

Jeff nickte. »Ja. Natürlich bleibt die Entscheidung Ihnen überlassen. Ich kann Ihnen nicht viel bieten. Meine Ranch gehört jetzt Big Jack Kane, aber ich glaube, es ist nicht zu spät, noch einmal von vorne anzufangen.«

Das war alles, was er ihr sagte, aber irgendwie klang es wie ein Versprechen. Judy Boone gab ihm keine Antwort. Sie blickte ihn nur zweifelnd an, und ihre Hand streichelte dabei den Hals seines Pferdes. Plötzlich drehte sie sich um und ging eilig zum Brunnen zurück.

Jeff hob die Zügel und wendete sein Pferd. Als er bei Chris anlangte, fragte ihn dieser, was er mit der Frau beim Waschtrog besprochen hatte.

»Nichts«, antwortete Jefferson Freeman etwas verlegen. »Ich glaube, ich habe mich nur ein bißchen verliebt.«
»Verliebt? In die Wäscherin? Du bist verrückt, Jeff.«
Jeff hob zum Zeichen seiner Hilflosigkeit die Schultern.
»Das glaube ich auch, daß ich verrückt bin«, stöhnte er.

*

Sporenklirrend betraten die beiden jungen Cowboys das Agenturgebäude und klopften an der ersten Tür links, an der ein Namensschild angebracht war. JOHN D. MILES, Agent, stand darauf.

Während Chris wartete, öffnete sich eine andere Tür und ein Mann streckte den Kopf heraus, dem das dichte weiße Haar zerzaust vom Kopf abstand. Kein Zweifel, das konnte nur John D. Miles sein, den die Indianer respektvoll »White Head-Miles« nannten. Er war der von der Regierung bestellte Agent des Darlington-Reservates, und er war es gewesen, der den Regierungsauftrag über dreihundert Texas-Longhorn-Rinder unterzeichnet und in Auftrag gegeben hatte.

»Mr. Miles, ich bin Christopher Kane, Big Jack Kanes Sohn«, stellte sich Chris vor. »Dieser schwarze Gentleman hier ist Jefferson Freeman, dessen Herde hier nie eingetroffen ist.«

John Miles schoß aus der Tür, und für einen Augenblick sah es aus, als wollte er Chris umarmen, aber dann gelang es ihm doch, sich zu beherrschen. Er streckte Chris die Hand hin, und Chris ergriff sie.

»Gott sei Dank, daß Sie es geschafft haben, junger Mann«, schnaufte er, während er Chris' Rechte mit beiden Händen festhielt und heftig schüttelte. »Wir warten alle verzweifelt auf das Eintreffen der Rinder. Seit Mr. Freemans Herde ausgeblieben ist, hungern die Cheyenne, und wenn sie nicht bald etwas zwischen die Zähne kriegen, Mr. Kane, kann es jeden Augenblick zu einem Aufstand kommen. Wo befindet sich die Herde Ihres Vaters?«

»Am Medicine Creek, Mr. Miles. In neun bis zehn Tagen könnten die Rinder hier eintreffen, falls unser Weitermarsch durch die Berge gesichert werden kann.«

Der weißhaarige Agent starrte Chris ungläubig an. »Soll das etwa heißen, daß ihr ohne Rinder hierhergekommen seid?« stieß er verständnislos hervor. »Ohne die Herde?«

»Genauso ist es, Mr. Miles«, bestätigte Chris.

Miles Schultern fielen herab. »Oh, du lieber Gott«, stöhnte er leise und öffnete die Tür mit seinem Namensschild. Er ließ die beiden Besucher eintreten und setzte sich an seinen Schreibtisch.

Jeff lehnte sich neben dem Fenster an die Wand, und Chris ließ sich auf dem Stuhl vor dem Schreibtisch nieder. Mr. Miles nahm einige Papiere aus der Schublade und überflog sie hastig. Als er aufblickte, war ihm die Enttäuschung über das Ausbleiben der Herde noch immer anzusehen.

»Hier in diesem Vertrag ist ein Ablieferungstermin auf den dreißigsten des letzten Monats festgelegt!« schnappte er. »Die Herde Ihres Vaters hat nun schon achtzehn Tage Verspätung! Dafür habe ich kein Verständnis, meine Herren.«

»Tut mir leid, Mr. Miles, aber solange die Herde noch nicht auf Reservatsgebiet ist, gehört sie wenigstens noch uns«, antwortete Chris ruhig. »Sie wissen ja, was mit der Herde von Mr. Freeman passiert ist. Aus diesem Grund schickte uns mein Vater voraus. Wir wollen wissen, was hier los ist, Mr. Miles, bevor unsere Herde weitergetrieben wird.«

»Dieser Vertrag ist von Jack Kane unterzeichnet worden!« gab Miles scharf zurück. »Sie müssen sich darüber im klaren sein, daß eine Nichteinhaltung für Ihren Vater unangenehme Folgen haben könnte. Die Regierung ist keinesfalls bereit, die Schuld an dem, was hier passieren wird, zu tragen. Es ist . . .«

»Mr. Freeman und ich, wir sind einen weiten Weg geritten, Mr. Miles«, unterbrach Chris den Agenten. »Und wir sind nicht hier, um uns mit Ihnen zu streiten. Die Herde ist im Anmarsch, leider mit Verspätung, Mr. Miles, aber hierfür ist die Dürre verantwortlich. Wir waren gezwungen, weite Umwege zu machen. Die meisten Flüsse sind ausgetrocknet, Mr. Miles.«

»Bitte entschuldigen Sie, Mr. Kane«, sagte Miles müde. »Obwohl es hier auch seit Monaten nicht geregnet hat, habe ich das Gefühl, als stünde mir das Wasser bis zum Hals. Wenn Sie nur eine leise Ahnung hätten, was hier los ist, Mr. Kane, würden Sie bestimmt verstehen, daß ich auf Ihre Rinder warte wie ein Kind auf seine Weihnachtsgeschenke.«

»Weihnachten ist im Dezember, Mr. Miles«, sagte Jeff Freeman, der bis jetzt geschwiegen hatte.

»Ja, natürlich, das ist richtig, Mr. Freeman, aber ich glaube, daß wir auch dann kaum Grund zum Feiern haben werden.«

»Können wir diese Unterhaltung nicht bei einem Glas

Wasser fortsetzen, Mr. Miles«, schlug Chris vor. »Wir haben auf dem Ritt mehr Staub geschluckt als ein Kaninchen, das von einem Wirbelsturm überrascht wird und vor Schreck das Maul nicht mehr zu bringt.«

Miles lachte nervös auf. »Selbstverständlich, meine Herren. Ich möchte Sie auch mit Captain Randall und Lieutenant Burton bekannt machen. Sie sind gegenwärtig mit einem Trupp Kavallerie hier in der Agentur stationiert. Eine reine Vorsichtsmaßnahme für den Fall, daß die Cheyenne revoltieren und die Agentur überfallen, obwohl das Warenlager schon seit Wochen ausgeräumt ist.«

Mit diesen Worten erhob sich der Agent. Er führte seine beiden Besucher in einen anderen Raum. Dort saßen zwei Kavallerieoffiziere an einem Tisch über eine Landkarte gebeugt. Sie blickten beide auf, als Miles mit den beiden Besuchern eintrat. Der Lieutenant, ein junger Mann mit sorgfältig in der Kopfmitte gescheiteltem Haar und einem dünnen Schnurrbärtchen über dem kleinen Mund, runzelte die Stirn, sichtbar verärgert über die Störung.

Miles machte die Männer miteinander bekannt.

»Mr. Chris Kane und Mr. Freeman aus Texas«, sagte er. »Captain Randall, Vierte US-Kavallerie, und Lieutenant Burton. Mr. Kane wurde von seinem Vater hergeschickt, damit er sich über die gegenwärtige Situation informieren kann, bevor er mit seiner Herde die Reservatsgrenze überquert.«

»Warum ist er nicht selbst gekommen, wenn er wissen will, was hier los ist?« sagte Lieutenant Burton, während er Chris geringschätzig musterte.

»Weil er kein Mann ist, der gern dort herumschnüffelt, wo irgend etwas faul zu sein scheint, Lieutenant«, entgegnete Chris kühl. »Dafür bin ich zuständig, und ich habe spätestens beim Betreten dieses Raumes gemerkt, daß es hier ziemlich stinkt!«

Der Lieutenant richtete sich auf. »Was wollen Sie damit sagen, Kane?« fragte er mit einem lauernden Ausdruck in seinen blauen Augen.

»Ich will damit sagen, daß unsere Rinder entweder im Suppentopf der Cheyenne landen oder zum Brazos zurückgetrieben werden, Lieutenant, ganz gleich, ob Ihnen das gefällt oder nicht.«

Die Farbe wich jäh aus Burtons Gesicht.

»Und warum sollte mir das etwa nicht gefallen, Kane?«

»Auf diese Frage kann Ihnen vielleicht Mr. Freeman besser eine Antwort geben, Lieutenant. Seine Herde geriet nämlich in die falschen Hände, obwohl es der Armee ein leichtes gewesen wäre, sie auf dem Weg durch die Berge zu schützen.«

»Soll das vielleicht eine Anschuldigung sein?«

»Und wenn es das wäre, Lieutenant? Wollen Sie sich etwa mit mir duellieren?« Chris grinste. »Was soll es denn sein? Säbel oder Revolver?«

»Kane, ich kann Sie in Eisen legen lassen, bis Sie . . .«

»Lieutenant, das genügt!« Der Captain hatte sich nun ebenfalls erhoben, und sein Befehl ließ Burton auf der Stelle verstummen. »Die Situation hier im Darlington-Reservat ist schlimm genug. Mr. Kane, erlauben Sie mir die Bemerkung, daß wir es nicht gewohnt sind, mit einem Gesprächspartner Ihres Alters zu verhandeln.«

»Ich bin neunzehn Jahre alt, Captain«, sagte Chris lächelnd. »Mein Vater traut mir einiges zu.«

Captain Randall nickte.

»Wirklich, Mr. Kane, ich muß gestehen, daß ich beeindruckt bin. Und trotzdem muß ich Sie warnen. Die Armee hat mit dem Überfall auf die Herde von Mr. Freemann nichts zu tun! Die im Reservat stationierten Truppen sind dafür zuständig, die Cheyenne-Indianer unter militärischer Kontrolle zu halten und einen Aufruhr im Keime zu ersticken. Das ist unsere Aufgabe, Mr. Kane.«

»Warum sorgen Sie dann nicht dafür, daß die Cheyenne ihre Rinder kriegen, Captain?« entfuhr es Jefferson Freeman.

Lieutenant Burton fuhr herum.

»Wir tun, was wir können!« schnappte er. »Die Freeman-Herde wurde von Indianern überfallen, die nicht im Reservat untergebracht sind. Vermutlich waren es Kiowas oder Comanchen.«

»Es waren Weiße dabei!« sagte Jefferson Freeman hart.

Der Lieutenant lachte auf. »Wer das behauptet, hat nicht alle Tassen im Schrank und . . .«

»Lieutenant, das genügt!« unterbrach Captain Randall seinen Untergebenen. »Bitte gehen Sie mal hinaus und sorgen Sie dafür, daß unsere Pferde Wasser kriegen.«

Das Gesicht des Lieutenants rötete sich etwas. Er zögerte einen Augenblick, aber dann machte er kehrt und stampfte aus dem Raum. Als die Tür hinter ihm zuknallte, setzte sich Captain Randall wieder an den Tisch.

»Nun, Mr. Kane, wozu hat Ihr Vater Sie und Mr. Freeman vorausgeschickt?«

»Wir sollen herausfinden, was hier los ist. Mein Vater will seine Herde nämlich nicht auch verlieren, nur weil die Regierung vielleicht daran interessiert sein könnte, die Cheyenne auszurotten!«

»Das ist eine schwerwiegende Anschuldigung, Mr. Kane. Die Cheyenne stehen unter der Obhut der Regierung, solange sie sich im Reservat aufhalten.«

»Die Cheyenne krepieren wie die Fliegen, Sir. Auf dem Weg hierher trafen wir dort draußen in dieser gottverlassenen Einöde einige Dutzend sterbende Menschen, fast alles alte Leute, Frauen und Kinder.«

»Kein schöner Anblick, das weiß ich selbst!« gab Captain Randall zu. »Aber man gewöhnt sich nie daran, glauben Sie mir. Manchmal träume ich sogar von diesen schrecklichen Dingen.«

»Für die Cheyenne von Little Wolf und Dull Knife ist das, was hier geschieht, kein Traum, Sir!«

»Ja, das stimmt, und ich wünschte, ich könnte etwas daran ändern. Aber nehmen Sie Platz, meine Herren, dann wollen wir die Dinge einmal betrachten, wie sie sind.«

Miles, der Agent, der bis jetzt kein Wort mehr gesprochen hatte, sagte, daß er etwas zu trinken holen wolle. Er verließ den Raum, während Chris und Jeff am Tisch Platz nahmen.

»Well, wäre Ihre Herde hier eingetroffen, Mr. Freeman, wäre unser Problem wahrscheinlich ein kleineres. Nicht, daß es aus der Welt geschaffen wäre, nein, so leicht ist das leider nicht, aber viele der Cheyenne hätten vielleicht neue Hoffnung geschöpft, und unsere Regierung hätte vielleicht etwas von dem Vertrauen zurückgewinnen können, das sie in den letzten Monaten verloren hat.«

»Sie wissen, was geschehen ist?« Jefferson Freeman beugte sich vor.

»Ich weiß nur, daß sie von einer Bande von Viehdieben überfallen wurde, Mr. Freeman.«

»Es geschah auf Reservatsgebiet, Sir«, erklärte Chris. »Nördlich des Medicine Creek, in den Tuscanora-Hügeln.«

»Ein ausgezeichnetes Gebiet für Überfälle jeglicher Art«, bestätigte der Captain. »Die vielen Canyons bieten Viehdieben beste Gelegenheit, einen Hinterhalt zu legen und danach schnell wieder zu verschwinden. Einige Tage, nachdem wir hier vom Überfall vernahmen, schickte ich eine Patrouille mit Lieutenant Burton in die Hügel, aber die Spuren waren inzwischen verwischt. Seither warten wir auf die Rinder Ihres Vaters, Mr. Kane. Sie sind unsere einzige Rettung.«

»Es stehen dreihundert Rinder am Medicine Creek, bereit zum Weitermarsch. Aber zuerst muß noch einiges geklärt werden, Captain. Mein Vater möchte die Gewißheit haben, daß ihm nicht das gleiche widerfährt wie Mr. Freeman.«

»Das ist natürlich verständlich, Mr. Kane, aber ich wüßte nicht, wie das Risiko eines Überfalls verringert werden könnte, es sei denn durch Begleitschutz der Armee. Nun, ich ...«

Der Captain wurde unterbrochen, als die Tür aufging und Miles mit zwei Gläsern zurückkam, die bis zum Rand mit Bier gefüllt waren. Die Gläser waren beschlagen.

»Ich habe ein Faß davon unten im Ziehbrunnen gelagert«, erklärte Miles stolz. »Beinahe dreißig Fuß tief.«

»Und wie schaffen sie das Bier herauf?« fragte ihn Jeff interessiert.

»Wenn mir nach kühlem Bier zumute ist, lasse ich Harry

41

Boone das Bier heraufziehen. Dafür bekommt er ein Glas für sich selbst.«

»Harry Boone ist ein Koloß von einem Mann«, fügte der Captain hinzu.

»Ich weiß«, sagte Jeff, hob sein Glas und prostete Chris zu. Sie tranken die Gläser auf einen Zug leer und stellten sie beinahe gleichzeitig auf den Tisch zurück. Chris wischte sich den Schaum von der Oberlippe und wandte sich an Captain Randall.

»Well, Captain, mein Vater hat sich auf ein Geschäft mit der Regierung eingelassen, und jetzt fürchtet er um seine Existenz.«

»Laut Vertrag nehmen wir ihm die dreihundert Rinder ab, sobald sie hier sind«, sagte Captain Randall verständnislos.

»Und genau das ist der springende Punkt, Captain«, antwortete Chris. »Wir sind Kleinrancher. Die dreihundert Rinder stellen einen großen Teil unserer gesamten Herde dar. Mit dem Erlös für den Verkauf dieser Rinder müssen wir uns den Winter über halten können. Das heißt, die Löhne der Treiber und der Stammcowboys müssen bezahlt werden, und der Rest geht als Rückerstattung eines Darlehens drauf, das mein Vater letzten Sommer bei der Bank aufgenommen hat. Wir müssen also die Rinder verkaufen, wenn die Existenz unserer Ranch weiterhin gesichert sein soll. Nun scheint es aber, daß es hier in der Gegend Leute gibt, die dagegen sind, daß die Reservatsindianer erhalten, was ihnen die Regierung durch Verträge zugesagt wurde. Entweder die Cheyenne verhungern, oder sie lehnen sich auf und brechen aus dem Reservat aus. In jedem Fall bedeutet das die Ausrottung der . . .«

»Mr. Kane, erlauben Sie mir, daß ich Sie unterbreche. Ich würde gern wissen, wie Sie auf solch unrealistische Gedanken kommen? Daß Mr. Freemans Herde nicht bei uns eintraf, haben wir einer Bande wilder Comanchen oder Kiowas zu verdanken.«

»Und wie wollen Sie denn Mr. Freemans Beobachtung erklären, daß sich bei den Viehdieben auch Weiße befanden?«

»Sind Sie sich dessen absolut sicher, Mr. Freeman?«

»Absolut, Captain. Es war Nacht, und die Rothäute machten zwar einen Heidenspektakel, als sie über mich und meine Cowboys herfielen, aber ich hörte ein paar Flüche, die nicht aus einem Comanchen-Mund stammten!«

»Wenn das stimmt, was Sie da sagen, Mr. Freeman, dann kann ich Ihnen Ihre Bedenken nicht übelnehmen. Natürlich wissen wir alle, daß die Reservatspolitik von verschiedenen Interessengruppen betrieben wird, nicht wahr, Mr. Miles? Und weil das so ist, sind die Indianer dem Untergang geweiht.«

»Mein Vater ist ein vorsichtiger Mann, Captain«, fuhr Chris fort. »Er vertraut keinem Politiker. Um die Sicherheit seiner Herde zu garantieren, müßte er mindestens fünfzig Cowboys anwerben. Das lohnt sich bei einer Stückzahl von dreihundert Rindern nicht. Mr. Freeman hatte drei Cowboys. Sie wurden alle drei beim Überfall getötet. Das Indianerterritorium wimmelt von unzufriedenen Indianern, die sich nie damit abfinden werden, daß sie aus ihrem Land vertrieben worden sind. Wie ich schon sagte, trafen wir heute nachmittag auf etwa hundert Cheyenne, die auf dem Weg hierher sind. Sie brauchen jedoch nicht gleich Alarm zu schlagen, denn diese Leute sind unbewaffnet. Sie haben genug an ihren Toten und Kranken zu tragen. Ich glaube, diesen Cheyenne helfen nicht einmal mehr tausend Rinder, Sir. Man hat sie aus ihrer Heimat in Montana und North Dakota hierher verschleppt. Niemand kann im Ernst annehmen, daß man ihnen nur Rindfleisch zu essen geben muß, damit sie sich in diesem Land zu Hause fühlen.«

»Diese Leute waren auf dem Weg hierher, sagten Sie?« fragte Miles verdutzt.

»Ja, sie befinden sich keine drei Meilen von hier in einem ausgetrockneten Flußbett.«

»Haben Sie mit ihnen gesprochen?«

»Ja. Mit Little Wolf, ihrem Anführer. Er will Ihnen ein paar Geschenke bringen, Mr. Miles.«

»Geschenke?«

»Ja.« Chris nickte. »Es sind die ausgebleichten Gebeine einiger Jungen, die ermordet wurden, weil sie Kojoten erlegten.«

»Machen Sie Witze, Kane?« Captain Randall runzelte verärgert die Stirn.

»Seit ich diese zerlumpten, abgemagerten Gestalten, die kleinen Kinder mit den aufgedunsenen Bäuchen und den fiebrigen Augen gesehen habe, bin ich nicht mehr zu Scherzen aufgelegt, Captain. Aber Sie werden bald selbst Gelegenheit haben, sich anzuhören, was Little Wolf zu sagen hat. Die Cheyenne werden ungefähr in einer Stunde hier sein.«

Miles erhob sich, ging zum Fenster und spähte ins Land hinaus. »Was, zum Teufel, soll das bedeuten!« rief er erregt. »Little Wolf weiß doch ganz genau, daß ich seinen

Leuten die letzten Vorräte ausgegeben habe. Sämtliche Lagerräume sind leer. Ich habe mindestens fünfzigmal an das Büro für Indianerangelegenheiten in Washington geschrieben. Ohne Erfolg. Ich soll versuchen, mit dem auszukommen, was mir zur Verfügung steht! So einfach ist das für die Pfeffersäcke im Osten. Was mir hier zur Verfügung steht, ist das Büschelgras, das die Cheyenne essen. Wir brauchen Ihre Rinder, Mr. Kane, und zwar nicht erst in vierzehn Tagen!«

»Sie kriegen die Rinder, Mr. Miles, sobald sie hier in der Agentur ankommen«, antwortete Chris.

»Dann treiben Sie weiter, Mr. Kane!«

»Nicht ohne Garantie, daß die Herde durchkommt!«

»Und wie stellt sich Ihr Vater das vor, Mr. Kane?« fragte Captain Randall.

»Es gibt nur eine Möglichkeit, die Herde zu schützen, Captain.«

»Begleitschutz?«

»Jawohl. Eine Eskorte soll sich mit uns am Nordufer des Medicine Creek treffen und die Herde durch die Tuscanora Hills begleiten.«

»Und woher soll ich die Leute für diese Eskorte nehmen, Mr. Kane? Wir haben hier eine Besatzung von achtunddreißig Mann, die dafür verantwortlich ist, daß es in der Agentur nicht zu Ausschreitungen kommt, wie das in anderen Reservaten der Fall war. Solches Blutvergießen muß hier unter allen Umständen verhindert werden.« Captain Randall holte tief Luft. »Außerdem glaube ich nicht, daß das Oberkommando die Abstellung eines Begleitschutzes bewilligt, da hierfür keine triftigen Gründe vorliegen. Es ist ...«

»Ist die Tatsache, daß ich meine Herde und meine Cowboys verloren habe, kein triftiger Grund, Captain?« unterbrach Jefferson Freeman den Offizier.

»Für mich wäre dies Grund genug, Mr. Freeman, vermutlich jedoch nicht für Major Mizner, der hier das Kommando führt.«

»Sie wissen genau, worum es geht, Captain«, antwortete Jeff hart. »Die Vermutung liegt nahe, daß es hier Leute gibt, die dafür sorgen wollen, daß Little Wolf und Dull Knife die Geduld verlieren und sich die Cheyenne auflehnen, damit sie dann von der Armee mit Waffengewalt unterworfen werden können. Das ist eine alte Geschichte, Captain, und man nennt es Ausrottungspolitik!«

»Mr. Kane, ich würde Ihrem Vater gern ausrichten lassen können, daß er für den Weg durch die Tuscanora-Hügel Begleitschutz erhält, leider aber wird meine Entscheidungsfreiheit hier vom Oberkommando bestimmt.«

Jefferson Freeman schüttelte verständnislos den Kopf.

»Sie meinen, daß Sie nicht in der Lage sind, uns zu helfen, Captain?«

»Wenn Sie eine Eskorte wollen, müssen Sie sich an Major Mizner wenden. Er ist mein Vorgesetzter und möglicherweise bereit, für diese Sache seine Karriere aufs Spiel zu setzen.«

»Wo finden wir den Major?« fragte Chris.

»Im Hauptquartier in Fort Reno«, sagte Captain Randall. »Ich würde Ihnen jedoch raten, die Herde ohne weitere Verzögerung hierher zu bringen und an Mr. Miles abzuliefern.«

»Ohne Begleitschutz geht das nicht! Die Armee soll dafür sorgen, daß die Cheyenne ihr Fleisch erhalten, Captain. Wenn das nicht geschieht, werden hier in dieser Agentur bald einige Leute mit skalpierten Schädeln begraben werden.«

John Miles kratzte sich in seinem weißen Haar und verzog dabei das Gesicht.

»Genau das ist es, was ich befürchte, Mr. Kane. Ich gebe Ihnen eine schriftliche Erklärung für Major Mizner mit. Ich fordere die Armee hiermit in aller Form um Begleitschutz für die Herde Ihres Vaters auf. Offiziersfrauen, die aus dem Urlaub zurückkehren, werden von der Bahnstation mit Eskorten von zwölf Mann und mehr abgeholt, aber jetzt hat man plötzlich kein Verständnis für eine heikle Situation. Ein paar Tage noch werden die Cheyenne warten. Ich kenne Little Wolf und Dull Knife gut. Dull Knife ist ein geduldiger Mann. Noch werden seine Entscheidungen von den jungen Cheyenne respektiert.«

»Das kann sich von einem Tag auf den anderen ändern«, wandte Captain Randall ein. »Little Wolf ist ein Krieger.«

»Stimmt, Captain. Und deshalb ist es von äußerster Notwendigkeit, daß Kanes Herde durchkommt. Seit bald einem Jahr habe ich diese tausend Cheyenne-Indianer hier im Reservat. Tausend bis aufs Blut ausgebeutete und betrogene Menschen, die man von ihrer Heimat vertrieb, indem man ihnen eine neue versprach. Little Wolf und Dull Knife wußten nicht, was sie hier erwartet. Aber jetzt haben sie eine Ahnung bekommen, Captain! Jetzt wissen sie, daß sie in ihrer alten Heimat besser bis zum letzten Blutstropfen gekämpft hätten.«

Von draußen klang plötzlich ein merkwürdiges Geräusch ins Haus. Es klang, als rausche der Wind durch dürres Blattwerk. Miles, der noch immer beim Fenster stand, warf einen Blick hinaus und wurde aschgrau im Gesicht.

»Sehen Sie sich das an, Captain«, stieß er hervor. »Allmächtiger, davon sollte man unseren Politikern eine Fotografie schicken, damit man endlich auch in Washington begreift, was hier wirklich los ist!«

Chris, Jeff und der Captain erhoben sich. Was sich ihren Augen bot, war ein schauriges, trauriges und erschreckendes Bild. Gegen hundert Cheyenne gingen mit schlurfenden Schritten durch den Sand auf der Straße. Ihre Schritte waren es, die jenes leise, schleifende Geräusch erzeugten. Voran ging Little Wolf. Er stützte den älteren Dull Knife, dessen grausträhniges Haar im Wind flatterte. Die Bewegungen des großen Häuptlings waren die eines alten, todkranken Mannes geworden. Sein Gesicht war hohlwangig und voller dunkler Flecken. Die schmalen Augen lagen in tiefen Höhlen. Die Lippen hatte er zu einem schmalen Strich zusammengepreßt.

Hinter den beiden Männern gingen ältere Männer, die sich an verkrüppelten Holzstöcken aufrecht hielten. Einige wurde von Frauen und älteren Kindern gestützt. Alle waren in Lumpen und zerfetzte Hirschlederstücke gekleidet.

Hinter ihnen schleppten sich Frauen über den Platz. In Tüchern und Tragkrippen trugen sie Babys. An den Händen führten sie Kinder, die kaum mehr gehen konnten und so mager waren, daß ihre Knochen durch die Haut schimmerten.

Einige jüngere und kräftigere Männer trugen die Säcke, die Chris und Jeff schon am Nachmittag aufgefallen waren. Als Little Wolf seine Hand hob, blieben sie alle stehen. Nur die Männer mit den Säcken traten vor. Hagere Gestalten mit scharfgeschnittenen, knochigen Gesichtern und schwarzen Augen. Sie traten an den Vorbau der Agentur heran, legten die Säcke nieder und öffneten sie.

»Kinder«, entfuhr es John Miles leise. »Captain Randall, da sind tote Kinder drin.!«

KAPITEL 3

Fort Reno

Früh am nächsten Morgen ritten Christopher Kane und Jefferson Freeman nach Fort Reno, eine kleine Armeestation am Südufer des Arkansas River. Sie verließen die Agentur bei Sonnenaufgang, durchquerten das nahezu ausgetrocknete Flußbett des Arkansas und erreichten das Fort, als sich gerade eine Patrouille zum Abritt bereitmachte. Der Unteroffizier der Wache ließ sie durch eine Eskorte von zwei Wachsoldaten zum Hauptquartier bringen.

»Mr. Kane und Mr. Freeman«, meldete der diensthabende Corporal im Vorzimmer des Office von Major John K. Mizner. Es war neun Uhr und schon wieder heiß draußen.

Der Major erwartete seine Besucher an seinem Schreibtisch sitzend. Er blickte auf, als Chris und Jeff eintraten und paffte ihnen eine Wolke Zigarrenrauch entgegen. Einen Moment musterte er Chris, und es war ihm anzusehen, daß er einen älteren Mann erwartet hatte.

»Setzen Sie sich«, forderte er Chris und Jeff im Befehlston auf. »Was darf ich Ihnen anbieten? Limonade gibt es hier nicht.«

Chris lächelte schief. »Whiskey«, sagte er.

»Whiskey, Mr. Kane?« fragte Major John K. Mizner, als hätte er Chris nicht richtig verstanden.

»Jawohl, Sir.« Chris nickte heftig. »Vielleicht werde ich damit den bitteren Geschmack im Mund los.«

Der Major gab dem Quartermaster Sergeant, der mit auf der Brust verschränkten Armen an der Wand lehnte, einen Wink. Der Quartermaster Sergeant holte aus einem alten Schrank eine Flasche und vier Gläser, die er auf den Schreibtisch des Kommandanten von Fort Reno stellte. Major Mizner goß die Gläser voll.

»Schlechter Hostetter Brandy«, erklärte er dabei. »Wir erwarten einige Wagenladungen Kentucky Bourbon aus Fort Smith, aber wahrscheinlich wird wieder irgendwo ein Knopf sein, der nur mit bürokratischer Fingerfertigkeit gelöst werden kann. Und so wird es eine Ewigkeit dauern, bis der Whiskey hier ist, falls er überhaupt einmal ankommt.«

Die drei Männer ergriffen die Gläser und tranken. Der riesige rotbärtige Quartermaster Sergeant leerte sein Glas ohne einmal zu schlucken. Chris nippte nur am Glas und stellte es dann auf den Schreibtisch zurück.

»Merkwürdig, der Geschmack bleibt«, sagte er dabei. »Sir, bevor wir unsere Unterhaltung beginnen, sollten Sie vielleicht diese Nachricht hier lesen.« Chris nahm einen Umschlag aus der Brusttasche seiner Jacke und übergab ihn dem Quartermaster Sergeant, der ihn dem Major weiterreichte. »Er ist von John Miles in der Agentur.«

»Wo drückt den guten alten Miles denn dieses Mal der Schuh?«

Mizner öffnete den Umschlag und nahm den Zettel heraus. Er setzte seine Brille auf und las. Als er fertig war, hatten sich über seiner Nase zwei tiefe, steile Falten in die Stirn gegraben.

»Sie sehen, Kane«, sagte er mit dunkler Stimme. »Wir haben hier mit allem unsere Schwierigkeiten. Fort Reno steht noch nicht lange, und man mißt ihm auch nicht jene Bedeutung zu, wie Camp Supply oder etwa Fort Sill, die besser mit der Außenwelt verbunden sind.«

»Immerhin sind an die tausend Cheyenne aus dem Norden in diesem Reservat untergebracht, Major. Abgesehen von den südlichen Cheyenne und den Arapahoes. Sie haben den Bericht von Mr. Miles gelesen, und wahrscheinlich sind Sie inzwischen auch von Captain Randall informiert worden. Dull Knife und Little Wolf haben gestern in der Agentur ein Ultimatum gestellt. Zwei Wochen wollen sie warten. Wenn bis dahin nichts passiert, wird man Fort Reno und dem Darlington-Reservat wahrscheinlich in aller Welt Beachtung schenken müssen. Major, ich habe Little Wolf gesehen und mit ihm gesprsochen. Er ist ein Kriegshäuptling und kein Reservatsindianer. Mr. Miles ist besorgt, Major. Und wenn er einen Aufstand befürchtet, so ist das wahrscheinlich kein leeres Geschwätz!«

»John Miles ist ein Schwarzseher! Obwohl hier nur eine kleine Einheit stationiert ist, würden die Cheyenne kaum einen Aufstand wagen. Wenn hier nämlich etwas passiert, sind die Cheyenne erledigt.« Der Major lehnte sich in seinem Stuhl zurück und betrachtete interessiert die Glut seiner Zigarre. »Ich denke, Sie können Ihrem Vater ausrichten, daß die Armee die Situation hier unter Kontrolle hat.«

»Heißt das, daß Sie uns keinen Begleitschutz gewähren wollen?« fragte Chris scharf.

»Das heißt, daß alles nicht halb so schlimm ist, wie es Mr. Miles sieht. Diese Rothäute sind nicht mehr in der Lage, Krieg zu machen. Sie sind gebrochen und erledigt.«

»Und was ist mit denen, die meine Herde überfallen haben?« wandte Jefferson Freeman aufgebracht ein.

»Das können keine Cheyenne gewesen sein, Mr. Freeman«, antwortete Mizner schroff.

»Es waren Weiße und Indianer.«

»Für diese Behauptung gibt es keine Anhaltspunkte, geschweige denn Beweise.«

»Sir, ich habe die Rothäute mit eigenen Augen gesehen. Wenn es nicht die Cheyenne gewesen sind, dann vielleicht Arapahoes, Kiowas oder Comanchen. Der Unterschied ist nur der, daß die Cheyenne im Reservat kein Fleisch erhalten haben.«

»Dann sollen sie gefälligst auf die nächste Herde warten.«

»Und wenn diese auch nicht hier ankommt? Die Cheyenne wollen nicht verhungern!«

»Das verlangt auch niemand von ihnen. Verdammt noch mal, ist es vielleicht die Schuld der Armee, daß die Herde von Mr. Freeman nicht durchgekommen ist? Können wir etwas dafür, daß wir hier am Ende der Welt sind und es deshalb Tausende von Möglichkeiten gibt, die Transporte von Lebensmitteln und Decken aufzuhalten? Das Land wimmelt von Gesetzlosen jeder Art, weil es hier in diesem Territorium keine Gesetze gibt. Die Indianer tun mir leid, aber es braucht Zeit, bis hier alles Leben in geordneten Bahnen verläuft. Nicht nur die Rothäute haben daran zu beißen. Fragen Sie Sergeant Wood. Die Moral der Truppe steht so tief, daß wir die Rekruten bald mit

Samthandschuhen anfassen müssen, um sicher zu sein, daß sie nicht bei der nächsten Schießübung ihre Gewehre rückwärts abfeuern.«

Mizner goß sich sein Glas wieder voll. Er war erregt, und seine Hand zitterte. Chris ging zum Fenster und blickte über den weiten staubigen Paradeplatz. Vor den drei gegenüberliegenden Steinhäusern waren zwei Doppelreihen Choctaw-Indianerpolizisten zum Abmarsch bereit. Scharfe Befehle klangen herüber.

Chris blickte zu den Offiziershäusern, wo im Schatten junger Bäume Kinder spielten. Auf der Veranda eines weißgestrichenen Hauses saß eine Gruppe von Offiziersfrauen beim Morgentee.

»Bekommen wir nun eine Begleittruppe, Major?« fragte Chris, während er zusah, wie die Choctaws davonritten. Er hörte, wie Mizner hinter ihm stöhnte.

»Gut, Kane«, sagte der Major schließlich ergeben. »Lieutenant Lawton wird Sie mit einem Trupp am Medicine Creek erwarten.«

Chris drehte sich um. »Danke, Sir«, sagte er. »Für Little Wolf und Dull Knife ist das vielleicht der letzte Hoffnungsschimmer. Eine Frage, Sir? Ist dieser Lieutenant Lawton zuverlässig?«

»Ja, er versteht sein Geschäft. Auf Lieutenant Lawton kann man sich verlassen. Ist er jetzt zu erreichen, Sergeant?«

Der Sergeant schüttelte den Kopf.

»Er befindet sich mit Lieutenant Burton und einer Patrouille auf einem Kontrollritt, Sir. Sie haben angeordnet, daß die Cheyenne strenger überwacht werden müssen, nachdem die Sache mit Tuckers Pferd passiert ist.«

»Well, Sie sehen, Kane, wir sind vollauf beschäftigt. Ständig passiert etwas. Täglich erreichen uns Beschwerden. Pferde werden gestohlen, abgelegene Farmen heimgesucht. Diese Rothäute sind ein diebisches Volk, das ist ja bekannt.«

»Und wenn man ein paar Cheyennekinder erwischt, die ein paar Kojoten erlegt haben, werden sie fachgerecht umgebracht. Little Wolf behauptet, daß das sogar unter Schutzaufsicht der Armee geschah.«

»Ich habe Lieutenant Burton darüber befragt, Kane«, erwiderte Mizner schroff. »Er hat in seinem Rapport ausdrücklich festgehalten, daß er und sein Trupp zu spät kamen, um die Cheyenne zu retten. Als der Trupp auftauchte, waren sie alle schon tot.«

»Und was wurde gegen die Leute unternommen, die dafür verantwortlich sind?«

»Was soll die Fragerei, Kane? Von dem, was hier gut oder schlecht ist, haben Sie keine Ahnung. Was hier geschieht, kann ich jederzeit verantworten. Und im übrigen bin ich Ihnen keine Rechenschaft schuldig.«

Chris lächelte hintergründig. »Nein, Major, das sind Sie nicht«, sagte er.

»Na also«, schnappte Mizner ziemlich ungehalten. »Übrigens, sagen Sie mir, Kane, hat Ihr Vater jemals Dienst getan?«

»Fünfte Texas Partisan Rangers, Major. Er hat es zum Colonel gebracht. Vielleicht hörten Sie von der Schlacht von Honey Springs?«

»General Blunts Sieg«, stellte Mizner trocken fest. »War Ihr Vater damals dabei?«

»Mein Vater meint, Blunt hätte sich damals seine Yan-

55

kee-Zähne ausgebissen, wenn unser Cherokee-Regiment die Flanke gehalten hätte. Aber die Roten liefen wie die Rennpferde, als Blunts Zwölfpfünderhaubitzen zu donnern anfingen.«

Mizner lächelte.

»Blunt war nach seiner Siegesserie nicht mehr zu stoppen. Ja, ich erinnere mich noch gut an seine Kämpfe. Newtonia, Crane Hill und Prairie Grove. Und dann bei Fort Wayne. Da hat er euch Rebellen überall Feuer unter die Hintern gemacht.«

»Blunt soll ein ausgezeichneter Stratege gewesen sein«, sagte Chris. »Aber er hatte Glück, daß er erst gegen Ende des Krieges auf meinen Vater stieß. Nun, wir haben jetzt andere Sorgen, nicht wahr, Major. Wenn wir mit der Herde hier sind, können Sie sich persönlich mit meinem Vater über die alten bitteren Zeiten unterhalten.«

Major John K. Mizner erhob sich und begleitete Chris und Jeff zur Tür. Als Quartermaster Sergeant Wood die Tür öffnen wollte, wurde sie plötzlich hart aufgestoßen und prallte gegen den erschrocken zurückweichenden Major.

Ein blondbärtiger Sergeant mit einer Säbelnarbe unter dem linken Auge stürzte in den Raum. Seine Uniform war staubbedeckt und mit Schaum von seinem Pferd beschmiert.

»Sir, vierzehn Cheyenne von Little Wolfs Gruppe haben das Reservat verlassen!« keuchte er. »Wir haben ihre Fährte aufgenommen, zehn Meilen nördlich der Agentur. Sie führt zum Uncle John's Creek und von dort in südlicher Richtung auf die Tuscanora-Hügel zu. Lieutenant Lawton hält mit seinem Trupp die Fährte.«

Mizners Gesicht veränderte sich schlagartig. Seine Augen zogen sich zusammen, und um seinen Mund herum bildeten sich tiefe Kerben. Er trat zu einer an der Wand hängenden Karte mit dem aufgeteilten Indianerterritorium.

»Keine Sorge, Sir«, sagte der Sergeant atemlos. »Sie befinden sich auf dem Gebiet, das niemand zugesprochen ist. Ihr Vorsprung betrug, als ich Lieutenant Lawton verließ, ungefähr drei Stunden. Ihre Pferde sind müde, und wir werden sie wahrscheinlich noch vor den Hügeln einholen.«

»Sind die Rothäute bewaffnet, Sergeant?« fragte der Kommandant und drehte sich um.

»Und wie, Sir. Mit Gewehren, Revolvern, Bogen und Pfeilen.«

»Und Little Wolf?«

»Sitzt in seinem Tipi und lehnt jede Verantwortung ab. Ich habe mit Miles gesprochen. Er sagt, daß er seine Leute nicht mehr daran hindern kann, sich dort nach Fleisch umzusehen, wo es welches gibt.«

»Und was hat Miles bis jetzt unternommen?«

»Nichts, Sir.«

»Warum nicht? Es sind *seine* Indianer!«

»Miles ist über Nacht krank geworden, Sir. Es geht ihm schlecht.«

Mizner stieg die Zornröte ins Gesicht. »Er soll sich gefälligst am Riemen reißen!« rief er heftig. »Sergeant, lassen Sie Miles herkommen. Ich will ihn, Little Wolf und Dull Knife in Fort Reno sprechen!«

»Das dürfte sehr schwierig sein, Sir.«

»Warum, Sergeant?«

»Dull Knife ist auch krank, Sir. Er geht an Stöcken. Und Little Wolf beharrt auf dem Standpunkt, daß er genug Worte verloren hat und alles gesagt worden ist.«

»Heißt das, daß er sich weigert?«

»Wahrscheinlich, Sir.«

»Versuchen Sie es trotzdem, Sergeant.«

»Dann muß ich freie Hand haben und den Burschen notfalls zwingen können, Sir.«

Mizner zog die Augen noch enger zusammen. Er sah Chris an, der ein undurchsichtiges Lächeln im Gesicht hatte und mit schiefem Kopf zuhörte.

»Was würden Sie tun, junger Mann?« fragte der Major plötzlich.

»Es ist nicht meine Angelegenheit«, antwortete Chris etwas überrascht. »Aber wenn Sie mich fragen, sehen Sie zu, daß die Cheyenne ganz schnell etwas zwischen die Zähne bekommen, sonst wird Sergeant Wood bald eine Menge Särge zimmern lassen müssen.«

Mizner zeigte seine tabakgebräunten Zähne.

»Verhaften Sie Little Wolf, wenn das nötig sein sollte, Sergeant!« schnarrte er. Dann stampfte er auf Chris Kane zu und blieb so dicht vor ihm stehen, daß sich ihre Nasen beinahe berührten.

»Sagen Sie Ihrem Vater, daß er zwei Wochen Zeit hat! Wenn er bis dahin nicht dreihundert Rinder hier abliefert, werde ich dafür sorgen, daß er nie mehr einen Regierungsauftrag erhält.«

»Zweifellos, Sir. Ich werde es meinem Vater ausrichten. Wir erwarten die Eskorte bei Fletchers Crossing am Medicine Creek. Bevor wir Ihre Blaubäuche am anderen Ufer nicht sehen, wird kein Rind den Fluß überqueren!«

»Das ist beinahe eine Erpressung, junger Mann!« sagte Mizner.

»Mir ist egal, als was Sie es ansehen, Major. Auf jeden Fall ist es die einzige Möglichkeit, Ihren Soldaten einen heißen Herbst zu ersparen.«

Chris nickte den Offizieren zu, setzte seinen Stetson auf und verließ das Hauptquartier sporenklirrend. Jefferson Freeman folgte ihm dichtauf. Draußen lösten sie ihre Pferde vom Holm und stiegen wortlos auf. Erst nachdem sie eine Weile geritten waren, meldete sich Jefferson Freeman zu Wort.

»Dein Vater wäre stolz auf dich, Boss«, sagte er. »Du hast diesem Major ganz schön eingeheizt.«

»Vielleicht nützt es was«, antwortete Chris.

Nebeneinander durchquerten sie das flache sandige Bett des Arkansas River. In der Nähe der Agentur standen jetzt einige Cheyenne-Tipis. Choctaw-Polizisten hatten sich in einem Corral bei einem Lagerschuppen einquartiert. Vor dem Agenturgebäude, bei dem John Miles wohnte, ging eine Wache auf und ab.

Jefferson Freeman ritt zu den Hütten hinüber und verabschiedete sich von Judy Boone, währen Chris am Flußufer auf ihn wartete.

KAPITEL 4

Mannschaft aus Texas

Das Mädchen kauerte in einer Felsnische, in der noch ein Rest der Tageshitze nistete. Es war dunkel in der Tiefe des Canyons, in dem das Mädchen die Nacht verbringen wollte.

Das Mädchen hätte den Weg zum Dorf auch alleine gefunden, aber es wollte nicht dorthin zurückkehren, wo die Menschen ohne Hoffnung waren und niemand mehr ein unwürdiges Leben weiterführen wollte. Die Cheyenne waren alle Gefangene in einem Land des Verderbens, bewacht von Soldaten, vor denen sie nur noch in den Tod entfliehen konnten.

Im August des Jahres, dem die Weißen die Zahl 1877 gegeben hatten, waren die Cheyenne in dieses Land gebracht worden. Das Mädchen erinnerte sich gut an die Worte der Alten, die den Weißen vertraut hatten und von einem Frieden sprachen, der nie mehr gebrochen würde, von einem Glück, das die Herzen der Cheyenne höher schlagen ließe, und von einem Land, das ihnen eine neue Heimat werden sollte, schöner als die alte Heimat im Norden.

Das Mädchen erinnerte sich noch gut an die Ansprachen, die der große Häuptling Dull Knife gehalten hatte, und an die Versprechungen des Soldatengenerals, den die

Cheyenne Three Finger Mackenzie nannten. Er hatte sie hier in der Soldatenstadt Fort Reno empfangen, um sie in der neuen Heimat zu begrüßen. Niemand sollte mehr zur Waffe greifen müssen, außer um das Wild zu erlegen oder den Bison zu jagen. Kein Blut sollte mehr vergossen werden, und niemand sollte mehr Hunger leiden, wenn der Winter über das Land hereinbrach.

Das Mädchen fröstelte. Es war nun kälter geworden. Das Licht des Mondes, den das Mädchen nicht sehen konte, floß blaß über die zerklüfteten Felswände herunter. In der Ferne heulten Kojoten, und ganz in der Nähe mußte eine Eule ihr Nest haben.

Nein, das Mädchen wollte nicht zurückkehren in sein Dorf. Niemand wartete dort auf seine Rückkehr. Seine Eltern waren tot. Die Krankheit des weißen Mannes hatte sie beide dahingerafft. Malaria nannte es der Militärarzt in Fort Reno, der für das Wohlergehen der Cheyenne verantwortlich war. Das Mädchen hatte die Worte des weißen Mannes und die Zahlen in der Reservatsschule gelernt. Es wußte, daß die Krankheit auch eine Epidemie genannt wurde, der nur die Cheyenne zum Opfer fielen, weil es für sie eine neue Krankheit war, gegen die sie sich nicht wehren konnten. Genauso wie dieses Land eine neue Heimat war und in ihren Herzen ein neues Gefühl erwachte, das sie hilflos machte und verzweifelt.

Das Mädchen hatte nicht gesprochen, seit seine Mutter gestorben war. Vielleicht würde es nie wieder sprechen. Vielleicht würde es sterben. Es war schwach, und es war müde. Am Abend hatte es eine Eidechse gegessen. Es dachte daran, zum Pferdekadaver zurückzukehren, aber es fürchtete sich vor den Kojoten und den Soldaten.

In dieser Nacht schlief es kaum. Den ganzen nächsten Tag verbrachte es im Schutz der Schlucht, in der nur am Mittag die Sonne für kurze Zeit auf den tiefen Grund niederbrannte. Am Nachmittag gelang es dem Mädchen, mit einem Stein ein Erdhörnchen zu töten. Als es dunkel wurde, schlich sich das Mädchen aus dem Canyon. Leise wie ein Geist in der Nacht wanderte es durch die Hügel. Einige Kojoten folgten ihm, wagten sich aber nicht in seine Nähe. Am Morgen, als die Sonne aufging, suchte das Mädchen in einem anderen Canyon Schutz. Es folgte einer Fährte von Gabelantilopen. Sie führte zu einem winzigen Quelltümpel in einer Felsnische. Das Mädchen ließ sich auf die Knie fallen und trank. Als es den Durst gelöscht hatte, legte es sich hin und schlief, bis ihm der Mond ins Gesicht schien. Es träumte von seinem Vater. Er saß auf seinem besten Pferd, das er einem Krähen-Indianer gestohlen hatte. Stolz kehrte er in das Dorf zurück und führte ein Pony an der Leine, und das Mädchen wußte, daß dieses Pony ihm gehören sollte. Als sein Vater über den Platz mit den schön bemalten Tipis ritt, fielen Steine vom Himmel. Das Mädchen wollte zu seinem Vater laufen, aber die anderen Leute hielten es zurück, und es versuchte sich mit Gewalt loszureißen. Immer mehr Steine fielen auf das Dorf nieder, und sie erschlugen den Vater zuerst und dann die beiden Pferde und schließlich die Mutter und viele andere Leute im Dorf. Als das Mädchen aufwachte, war es schweißgebadet. Es verließ den Platz, wo es gschlafen hatte, und irrte umher, von jedem Geräusch erschreckt, gejagt von Schatten, die lautlos durch die Nacht huschten.

*

An einem der nächsten Morgen erspähte das Mädchen zwei Reiter, die von Norden herkamen und nach Süden ritten. Die beiden Reiter folgten einem alten Pfad durch die Hügel. Sie trugen beide große Hüte, die ihre Gesichter beschatteten.

Trotzdem konnte das Mädchen erkennen, daß einer von ihnen ein Büffelmensch war mit einer schwarzen Haut und wahrscheinlich mit dem gleichen krausen Haar, wie es nur auf dem Schädel eines Büffelmenschen wuchs.

Das Mädchen hatte nichts mehr gegessen, seit es mit dem Steinwurf das Erdhörnchen erlegt hatte. Es beobachtete die beiden Reiter, und als es sie nicht mehr sehen konnte, folgte das Mädchen der Fährte ihrer Pferde. Am Abend lagerten der Büffelmensch und sein Gefährte in einer kleinen Senke am Fuße eines Hügels. Das Mädchen konnte vom Hügel aus das Feuer sehen, das nach Mitternacht erstarb. Das Mädchen schlich sich zum Lager der beiden Männer, um ihnen einen Beutel mit Lebensmitteln zu stehlen.

Aber eines der Pferde schnaubte, und der Büffelmensch erwachte. Er kroch aus seinen Decken, nahm das Gewehr zur Hand und ging zu den Pferden. Das Mädchen machte sich im Salbeigestrüpp so klein, wie es nur konnte. Es wagte kaum mehr zu atmen, bis der Büffelmensch wieder zu seinem Lager ging und in die Decken schlüpfte. Jetzt stahl sich das Mädchen davon, und vom Hügel aus beobachtete es das Lager. Am Morgen, noch bevor die Sonne aufging, machten sich die beiden Männer wieder auf den Weg. Das Mädchen wartete nicht lange. Es verließ den Hügel und lief zum verlassenen Lager. Dort suchte es lange herum, aber es fand nichts, was es hätte essen können. So lief das Mädchen zum Hügel zurück, und es suchte einen Schattenplatz, wo es sterben würde.

*

Der Rancher Big Jack Kane hatte für das Treiben vom Brazos River nach Norden drei Cowboys seiner Stammmannschaft mitgenommen, die alle schon Rinder zu den Eisenbahnlinien in Kansas getrieben hatten. Außerdem war da noch ein junger Halbindianer dabei, der eigentlich William Lone Wolf hieß, jedoch nur Billy genannt wurde.

Chris Kane und Jefferson Davis Freeman kehrtem am 16. August zur Herde zurück und berichteten Big Jack Kane, was in der Darlington-Agentur vorgefallen war und von ihrer Unterhaltung mit John Miles und Major John K. Mizner. Außerdem hatte ihnen Miles einen Brief mitgegeben, in dem er Big Jack Kane seine Unterstützung zusicherte und ihn bat, sich zu beeilen.

Big Jack Kane, ein großgewachsener stämmiger Mann, der im Bürgerkrieg sein rechtes Bein verloren hatte, hörte seinem Sohn aufmerksam zu, und als Chris mit seinem Bericht fertig war, stopfte er sich erst einmal in aller Ruhe seine Pfeife und zündete sie an.

»Well, dann wollen wir mal voranmachen«, sagte er schließlich. »Ich kann es kaum erwarten, Mizner wiederzusehen. Es war eine von seinen Granaten, die mir das Bein abgerissen hat.«

Die Herde, die sich während der Wartezeit weit herum verstreut hatte, wurde zusammengetrieben und nach Norden hin in Bewegung gesetzt.

*

Am Morgen des 20. August 1878 erreichten die dreihundert Rinder des Texaners Big Jack Kane den Medicine Creek bei Fletchers Crossing.

Träge floß das schmutzige Wasser in dünnen Rinnsalen zwischen den flachen sandigen Uferbänken dahin. Die Herde staute sich am Fluß und zog sich in breiter Linie auseinander.

Die staubigen, verschmutzten Tiere hatten in den letzten Tagen ein weites, trockenes Gebiet durchquert und die letzten Meilen, nachdem ihnen der Nordwind den Geruch des Wassers zugetragen hatte, in einer schnelleren Gangart zurückgelegt. Müde, ausgepumpt, trotteten sie jetzt über die breiten, flachen Sandbänke, die im Frühjahr, wenn in den Bergen der Schnee schmolz, von wilden Wassern überspült wurden.

Big Jack Kane, der mit seinem Sohn der Herde vorangeritten war, richtete sich im Sattel auf, während sein Pferd trank. Er spähte zum anderen Flußufer hinüber, wo neben einer alten Büffeljägerhütte ein kleines Feuer brannte.

Drei Männer saßen dort im Schatten eines riesigen Cottonwoods. Einer von ihnen erhob sich, nahm den Hut vom Kopf und winkte herüber.

»Boss!« rief eine kehlige Stimme aus den blökenden und schnaufenden Rindern heraus. Big Jack Kane wandte den Kopf und sah Billy Lone Wolf durch das seichte Wasser jagen. Der Comanche schien mit seinem Schecken verwachsen zu sein und lenkte ihn mühelos zwischen den Rindern hindurch. Sein langes schwarzes Haar flog im Wind.

»Boss, die drei Yankee-Soldaten dort drüben sind doch nicht etwa die versprochene Eskorte?« rief er und brachte den Schecken neben Big Jack Kanes Palomino zum Stehen.

»Zwei tragen Uniform, Billy«, sagte Chris. »Vielleicht handelt es sich um die Vorhut.«

Billy verzog sein scharfgeschnittenes Gesicht zu einem verächtlichen Lächeln. Dann spuckte er durch seine breite Zahnlücke zwischen den Ohren seines Pferdes hindurch in den Fluß.

»Der eine ist ein Sergeant, Boss, und der andere ein gewöhnlicher Soldat. Der, der herüberwinkt, als hätte er unter den Rindern seine Braut entdeckt, muß ein Scout sein.«

»Du bist von den Soldaten nicht gerade begeistert, Billy«, entgegnete Jack Kane und klopfte dem Comanchen auf die Schulter.

»Immer, wenn ich Blaubäuche sehe, kommen mir die Tränen!« Billy warf einen andächtigen Blick zum Himmel auf. »Ich habe sogar gebetet, daß sie dir eine Eskorte verweigern, Boss. Aber der liebe Gott dort oben scheint mehr Gefallen an dir zu finden als an einem Comanchen, der gelobt hat, ein guter Mensch zu werden.«

»Solange du deine Skalpsammlung mit dir herumschleppst und damit anständige Leute zu Tode erschreckst, werden deine Gebete nicht erhört, Billy«, scherzte der Rancher.

»Boss, die Skalps erinnern mich an große Taten. Soll ich mir eine Gebetsschnur umhängen und die Bibel in die Tasche stecken? Das kann doch der liebe Gott nicht von mir verlangen.«

Big Jack Kane zuckte die Schultern und blickte sich um. »Wo bleiben Waco und Jeff eigentlich?«

»Dort, Boss! Am Schluß der Herde mit den Nachzüglern.« Billy zeigte zu einem Hügelrücken, wo zwei Reiter auftauchten. Jefferson Freeman trieb eine Kuh vor sich her und hatte ein frischgeborenes Kalb quer vor sich über dem Sattel liegen.

»Well, dann reiten wir mal hinüber und hören uns an, was diese Blaubäuche zu sagen haben.«

Billy nickte und zeigte auf eine Lücke zwischen einigen Haarbüscheln, die von seinem Leibgurt herunterhingen. »Der Sergeant hat rote Haare, Boss. Darauf habe ich mächtig lange warten müssen.«

Big Jack Kane lachte, als er sein Pferd antrieb. Sie ritten nebeneinander durch den Fluß, trieben die Tiere die gegenüberliegende Uferböschung hoch und zügelten sie im Schatten der halbzerfallenen Büffeljägerhütte vor dem Feuer.

Der Sergeant hockte mit übereinandergeschlagenen Beinen am Boden und musterte zuerst den Rancher und seinen Sohn, bevor er den Blick auf Billy richtete, dessen Schecke unruhig tänzelte. Die Hufe wirbelten Staub auf, der vom Wind gegen die drei Männer getrieben wurde.

»Ist es notwendig, daß dein Gaul hier eine Polka tanzen muß, Häuptling?« knurrte der rothaarige Sergeant und erhob sich und stemmte die Fäuste in die Hüften.

»Mister Blaubauch, mein Pferd ist es gewohnt, daß wir überall in diesem Land meiner Vorfahren freundlich und herzlich begrüßt werden. Das, was Sie als Polka bezeichnen, ist nichts weiter als ein Zeichen des Unbehagens, das immer dann zum Ausdruck kommt, wenn mein Pferd und ich Menschen mit schlechten Manieren begegnen.«

Der Sergeant spuckte heftig aus, und der Soldat, ein

noch junger Bursche mit vorstehenden Zähnen und Pikkeln im Gesicht, wußte nicht so recht, ob er aufspringen und zum Colt greifen oder doch besser sitzen bleiben sollte.

»Sergeant, soll ich diesem roten Sattelaffen zeigen, mit wem er es zu tun hat?« fragte er unsicher.

Billy lächelte gutmütig.

»Mein Name ist Billy Lone Wolf, Söhnchen«, sagte er freundlich. »Wer mich Sattelaffe nennt, wird meistens nicht sehr alt.« Billy schüttelte seine Skalps.

Der junge Soldat schien nicht die stärksten Nerven zu haben, und Billy lächelte ihm mit solch strahlendem Charme an, daß der junge Soldat aufspringen und sich ihm an den Hals werfen wollte. Der Sergeant rief ihn jedoch mit einem scharfen Befehl zurück.

»George!« brüllte er, daß der Mörtel von der alten Adobelehmmauer bröckelte. »Reiß dich am Riemen, verdammt!«

Der junge Soldat bleckte seine langen Zähne, die selbst dann zu sehen waren, wenn er den Mund zumachte.

»Sergeant, ich lasse mich nicht einfach...«

»Setz dich und halt den Mund!« brüllte der Sergeant und spuckte in das Feuer. »Sie sind Big Jack Kane, nicht wahr?« fragte er den Rancher, der seine Pfeife rauchend vollkommen unbeteiligt im Sattel saß.

»Das stimmt, Sergeant«, nickte er freundlich. »Ich nehme an, daß Sie von Lieutenant Burton hergeschickt wurden.«

»Gehört dieser... dieser...« der Sergeant warf Billy einen ärgerlichen Blick zu, »gehört er zu Ihrer Mannschaft, Mr. Kane?«

»Billy Lone Wolf ist einer meiner besten Cowboys, Sergeant«, bestätigte Big Jack Kane und sah, wie sich der Sergeant beinahe an seinem Kautabak verschluckte.

»Klopf deinem Vorgesetzten mal den Rücken, Mann!« schlug Billy dem jungen Soldaten vor. »Ich kannte einen Yankee-Offizier, ich glaube, er war mindestens Major oder sogar Colonel, der ist mitten in einer Schlacht mit meinem Stamm an seinem eigenen Tabak erstickt, bevor wir dazukamen, ihm die Haut abzuziehen.«

»Vielleicht würden Sie ihm sagen, daß er besser den Mund halten soll!« schnaubte der Sergeant aufgebracht.

»Billy ist ein freier Mann, Sergeant«, erklärte Chris. »Wenn es ihm Spaß macht, aus alten Zeiten zu erzählen, so soll er das tun.«

»Ich verspreche ihm, daß er bald keinen Spaß mehr daran hat, in seinen Erinnerungen zu schwelgen, und viel lieber wünscht, anstatt als Comanche, als Regenwurm geboren zu sein.«

»Und selbst ein Regenwurm ist stolz darauf, daß er keinen blauen Bauch hat, Sergeant«, entgegnete Billy schlagfertig und spuckte seinen Priem durch die Zahnlücke haarscharf an der Schulter des Sergeants vorbei.

Der Sergeant schluckte seine Antwort hinunter und sah Big Jack Kane an.

»Ich habe eine Nachricht für Sie, Kane«, knurrte er. »Lieutenant Burton wurde nördlich der Tuscanora-Hügel durch unvorhergesehene Zwischenfälle aufgehalten. Er erwartet Sie und Ihre Herde deshalb bei der Tucker-Ranch.«

»Burton?« entfuhr es Chris. »Es wurde mir versichert, daß Lieutenant Lawton uns begleitet, Sergeant.«

»Lawton war unabkömmlich«, erklärte der Sergeant.

Jack Kane zog die Brauen zusammen. »Mein Sohn hat Major Mizner zu verstehen geben, daß kein Rind den Medicine Creek überquert, bevor nicht der Begleitschutz unter Lieutenant Lawton hier eingetroffen ist, Sergeant!«

»Dann wollen Sie hier eine oder zwei Wochen warten, Kane?« fragte der Sergeant spöttisch. »Lieutenant Burton wurde aufgehalten.«

»Wodurch, Sergeant?«

»Dies ist eine rein militärische Angelegenheit und für die Ohren von Zivilisten und eines Wilden nicht bestimmt. Tut mir leid, das ist alles, was ich zu sagen habe.«

Big Jack Kane überlegte schnell. Vom Medicine Creek bis zur Tucker-Ranch waren es ungefähr fünfzig Meilen. Dazwischen lagen die Tuscanora-Hügel, der erste geeignete Ort, um einer Texas-Herde einen Hinterhalt zu legen. Der Great Western Trail, so wurde der Weg genannt, über den die meisten texanischen Rinderherden zu den Verladebahnhöfen in Kansas getrieben wurden, führte mitten durch einen Landstrich, der offiziell von niemandem beansprucht wurde, aber von Kiowas, Comanchen und Banditen bewohnt wurde. Das Comanchen- und Kiowa-Reservat begann nur wenige Meilen östlich des Trails, und die Grenze bildete der Nordarm des Medicine Creek, der in den Tuscanora-Hügeln vom Great Western Trail getrennt wurde. Die Kiowas und die Comanchen litten genauso unter der langen Dürre wie die Cheyenne im Darlington-Reservat. Obwohl Jefferson Freeman, der jetzt für Big Jack Kane arbeitete, nicht hatte feststellen können, welche Indianer bei den Weißen gewesen waren, die seine Herde überfallen und seine Cowboys umgebracht hatten, vermutete der Rancher, daß es sich um Kiowas gehandelt hatte.

Die Kiowas und Comanchen, obwol des Kämpfens müde, litten unter den gleichen Schwierigkeiten wie alle Prairie-Indianer, denen man im Oklahoma-Territorium öde Landstriche als Reservate zur Verfügung gestellt hatte. Mit gestohlenen Rindern und Pferden füllten sie die Lücken aus, welche auf Grund der mangelhaften Versorgung durch die Regierung entstanden. Und gerade durch dieses Gebiet, das Big Jack Kane als gefährlichste des ganzen Weges betrachtete, sollte er nun mit einer Eskorte von einem Sergeant und einem blutjungen Rekruten alleine ziehen.

»Es ist ein gefährliches Wegstück, Sergeant«, gab Big Jack Kane zu bedenken. »Die Kiowas und die Comanchen werden kaum zusehen, wie ein ungenügend bewachter Braten sozusagen vor ihren Nasen vorbeigezogen wird.«

Der Sergeant machte eine wegwerfende Handbewegung.

»Wir haben uns auf dem Ritt hierher umgesehen, Kane. Auf dem ganzen Weg trafen wir nur beim Friendship Store einige alte Kiowas, die vier Frauen und ein halbes Dutzend Kinder zu einer Beerdigung begleiteten. Haben Sie Angst vor Greisen, Frauen und Kindern?«

Big Jack Kane verzichtete darauf, dem Sergeant eine Antwort zu geben. Statt dessen wandte er sich an den Kundschafter.

»Wie sieht es aus, Hombre?« fragte er ihn.

Der Kundschafter, ein Halbindianer mit einem hageren Gesicht voller Pockennarben, runzelte die Stirn. »Bei den Comanchen handelt es sich glücklicherweise um Billys Verwandte«, antwortete er ungerührt. »Wenn die Kiowas angreifen, könnt ihr euch nur auf eure Gewehre verlassen.«

»Schlecht also«, erwiderte Big Jack Kane nickend.

»Mizner versprach mir eine Eskorte unter Lieutenant Lawton, Vater«, sagte Chris grimmig. »Ich habe mich auf sein Wort verlassen, zum Teufel!«

»Unter besonderen Umständen steht es einem Lieutenant zu, eigene Entscheidungen zu treffen«, brummte der Sergeant erklärend.

»Darüber werde ich mich mit ihm noch persönlich unterhalten, Sergeant!« Big Jack Kane blickte Billy an. »Was meinst du?« fragte er ihn.

Der Comanche bleckte seine Zähne mit der riesigen Lücke und hob die Schultern.

»Immerhin sind zwei Blaubäuche da, und wenn sich die Sitten und Bräuche meiner Verwandten noch nicht arg geändert haben, so werden sie zuerst im Suppentopf landen.«

»Das ist ein wirklich feiner Trost, Billy«, sagte Chris Kane aufgebracht. »Am liebsten würde ich nach Fort Reno zurückreiten und mir Major Mizner vorknöpfen.«

»Das würde auch nichts nützen, Chris«, sagte Big Jack Kane.

»Wir können die Cheyenne auf keinen Fall verhungern lassen«, sagte der Sergeant unsicher.

»Du meinst, daß wir es allein schon deshalb wagen sollten, Blaubauch?« fragte Billy mißtrauisch.

»Genau, das meine ich«, nickte der Sergeant. »Ob du es glaubst oder nicht, du aufgeblasener Comanche, nicht alle

Blaubäuche in unserer glorreichen Armee wollen tatenlos zusehen, wie Frauen und Kinder verhungern.«

»Und du und dieser Junge gehören ausgerechnet zu denen?« fragte Billy ungläubig.

»Genau wie du zu einer Texas-Mannschaft gehörst, Rothaut«, knurrte der rotbärtige Sergeant. »Das ist doch auch ziemlich ungewöhnlich, der Teufel hole mich, wenn . . .«

Der Sergeant brach ab, weil in diesem Moment Jeff Freeman über der Uferböschung auftauchte und im Galopp heranritt.

»Heiliger Strohsack, auch das noch«, murrte der Sergeant, als er erkannte, daß es sich bei dem Reiter um einen Schwarzen handelte.

Jeff zügelte neben Billy das Pferd.

»Wo sind die Blaubäuche, die uns Mizner versprochen hat?« fragte er.

»Das sind sie«, sagte Chris.

»Donnerwetter, ich dachte, das sind nur ein paar Hühnerdiebe«, staunte Jeff.

»Treibt die Rinder hinüber«, sagte Bick Jack Kane. »Unsere Exkorte besteht vorläufig aus einem Sergeant und einem Rekrut.«

Jeff rollte die Augen. »Dann kommen wir nicht weiter, als ich das letzte Mal gekommen bin, Jack!«

»Der Sergeant behauptet, daß außer einigen alten Männern, Frauen und Kindern in diesem Landstrich kein Lebewesen anzutreffen ist.«

»Genau das habe ich auch gedacht, Boss. Und plötzlich waren mehr Halunken um uns herum, als der Satan in seiner Hölle stecken hat.«

*

Big Jack Kane und seine Texas-Mannschaft brachten die Herde noch am gleichen Tag über den Fluß. Am Abend, als die Dunkelheit über das Land hereinbrach und sich die Tageshitze allmählich abkühlte, lagerten die Männer bei der alten Büffeljägerhütte.

Shorty O'Fallon, ein kleiner drahtiger Ire mit einem schiefen Sommersprossengesicht und flinken, sich unaufhörlich bewegenden Augen, bestand anfänglich darauf, ein zweites Feuer zu machen, damit ihm der Anblick und die unmittelbare Nähe von Yankee-Soldaten nicht die Lust am Leben verdarb.

»Der Appetit ist mir schon jetzt vergangen«, beklagte er sich. Als sich aber dann Sergeant McLean mit einer großen Wasserflasche näherte, der verlockende Düfte entstiegen und sich mit dem Rauch des Lagerfeuers mischten, schloß Shorty O'Fallon ergeben die Augen, ergriff die ihm angebotene Flasche und trank, nicht ohne vorher mit dem Hemdärmel die Öffnung abzuwischen.

Der Sergeant mußte danach untätig zusehen, wie Shorty den kostbaren Whiskey ohne zu schlucken in sich hineingoß, bis er schließlich tief Luft holen mußte und die Flasche dem Sergeant zurückgab.

»Mit bestem Dank zurück, Blaubauch. Wenn wir Rebellen mal im Weißen Haus sitzen und unsere Südstaatenfahne aufziehen, lade ich dich zu einem echten irischen Whisky ein.«

»Kane, dieser krummbeinige Zwerg glaubt wohl im Ernst, daß der Krieg noch nicht vorbei ist«, beschwerte sich der Sergeant, dessen Blechflasche beinahe leer war.

»Das ist richtig, Sergeant«, lachte Big Jack Kane, der dabei war, seinen Beinstumpf zu massieren. »Für Shorty ist der Bürgerkrieg erst vorbei, wenn euch Yankees die Zungen aus dem Hals hängen.«

»Verdammt, ich bot ihm von meinem Whiskey an, weil ich die nächsten Tage mit ihm und seinen Freunden auskommen muß«, fluchte er und warf die Flasche hinter sich zu seinem Packen.

Chris Kane, der auf seiner Bettrolle lag und zum Sternenhimmel aufblickte, lachte.

»Nur Mut, Sergeant. Im Krieg war Shorty Kanonier. Solange er nicht hinter einer Haubitze steht, droht von ihm keine Gefahr.«

Shorty machte ein entrüstetes Gesicht und rülpste.

»Da muß man nur die Augen schließen, und dann – hupp – dann träumt man.«

Jefferson Freeman rückte etwas von ihm ab und rümpfte die Nase.

»Wenn sich jetzt eine Horde Rothäute über uns hermachen wollte, brauchtest du nur den Mund aufzureißen, und sie würden alle bewußtlos umfallen.«

Billy schüttelte den Kopf.

»Was ist nur immer gegen meine Verwandten habt«, sagte er mißmutig. »Sie machten aus mir, was ich bin: einen Gentleman, der einmal Präsident der Vereinigten Staaten von Nordamerika wird, wenn Shorty das Weiße Haus nach Texas verlegt.«

Shorty fuhr wie von der Tarantel gebissen hoch.

»Du?«

»Natürlich. Wer denn sonst?«

»Hattest du etwa wieder einmal ein Gesicht, Billy?« wollte Chris wissen.

»Sicher, Chris«, nickte Billy.

»Ein Gesicht?« Shorty rülpste erneut. »Wann denn?«

»Gestern nacht.«

»Erzähle! Das interessiert mich! Ich war bis heute noch davon überzeugt, daß – hupp – das Weiße Haus in Washington mal abgerissen und in Texas wieder aufgebaut wird.«

»Darauf könnt ihr Rebellen warten, bis ihr grau seid. Der Krieg ist seit zehn Jahren vorbei. Die Südstaaten haben verloren! General Lee hat kapituliert!«

»Wirklich?« staunte Jefferson Freeman. »Du meinst, die Sklaverei ist vor über zehn Jahren abgeschafft worden, ohne daß mir jemand die Ketten abgenommen hat.«

Der Sergeant und der Rekrut sahen sich verstört an.

»Die spinnen alle«, flüsterte der Rekrut. »Das kann für uns noch schlimm ausgehen.«

*

Am nächsten Abend, als die Sonne wie ein riesiger Feuerball hinter dem fernen Horizont untergegangen war, befand sich die Texas-Herde von Big Jack Kane fünfzehn Meilen tief im Indianer-Territorium. An einer Stelle, wo sich mehrere kleine Hügel wie Beulen aus der Ebene hoben, ließ Big Jack Kane die Herde anhalten. Der Wind strich leise durch das dürre Büffelgras, das sich wie ein unendliches Meer bis zu den entfernten Tuscanora Hügeln erstreckte.

Die Cowboys begannen sofort damit, am Fuße des größten Hügels ihr Nachtlager aufzuschlagen.

Der Sergeant und sein Rekrut entluden ihr Packtier, einen großen hellgrauen Maulesel, der ihnen auf dem Weg etliche Male Schwierigkeiten bereitet hatte. Der Rekrut, er hieß George Pilcher und wurde deshalb G. P. genannt, war noch keine achtzehn Jahre alt und mit Maultieren völlig unerfahren. Unterwegs hatte er ellenlange Flüche verbraucht, mit dem Erfolg, daß der Maulesel noch störrischer wurde und sich einmal nicht mehr vom Fleck rührte. G. P. riß ihm beinahe den Kopf ab, schwitzte, tobte und lamentierte, daß er nach einer Weile völlig erschöpft aufgab und von Billy Lone Wolf widerspruchslos eine Lektion in Maultierbehandlung über sich ergehen ließ.

Der Comanche brauchte fünf Minuten, in denen er in einer Sprache, die außer ihm nicht einmal der Armee-Scout verstand, auf das störrische Tier einsprach. Der Erfolg war verblüffend. Das Maultier folgte Billy wie ein dressierter Hund, blieb jedoch sofort bockig stehen, wenn G. P. die Leine aufnahm.

Erst als Billy dem restlos entmutigten Rekruten einige Laute in der Sprache der Comanchen beibrachte, gehorchte das Tier auch ihm, allerdings nicht so willig wie Billy. Aber Billy versprach, dem Sergeant und seinem Rekruten im Laufe der Zeit das Nötigste beizubringen. Als Belohnung handelte sich Billy das Versprechen ein, daß die beiden von nun an jeden Abend für ein Lagerfeuer zu sorgen hätten.

So sattelten die Cowboys an diesem Abend die Pferde ab, koppelten sie an und sahen zu, wie die beiden Soldaten Holz heranschleppten. Es war eine mühsame Arbeit, denn dort, wo sie lagerten, wuchs nichts, was zum Verfeuern geeignet gewesen wäre. Nur zuoberst auf den drei Hügeln gab es ein paar halbverdorrte Büsche, die so wenig Feuerholz abgaben, daß der Sergeant und sein Rekrut mehrere Male hinaufgehen mußten.

Silas Reed, der Armeekundschafter, war ein Stück weitergeritten, um sich in der Gegend umzusehen. Er kam zurück, als der Sergeant murrend einen Arm voll dürrer Äste ablud und sich anschließend mit dem Uniformärmel den Schweiß aus dem Gesicht wischte.

»Na und?« fragte der Sergeant den Kundschafter ungeduldig, während er am Boden kauerte und die Äste zerkleinerte.

Silas Reed war ein schweigsamer Mann. Wenigstens hatte er bis jetzt kaum ein überflüssiges Wort gesprochen. Er schwang sich von seinem Pferd und begann es abzusatteln.

»Ich würde gern erfahren, was dort draußen los ist, Reed«, sagte der Sergeant.

»Nichts.« Silas Reed blickte nicht von seiner Arbeit auf.

»Keine Rothäute?«

»Nein.«

»Hör mal, Reed«, fuhr der Sergeant auf. »Du wolltest dich doch umsehen. Auf jeden Fall hast du das gesagt.«

Der Kundschafter hob den Sattel vom Pferd.

»Ich sah keine Indianer«, sagte er, während er den Sattel dort niederlegte, wo er schlafen wollte. »Aber das hat nichts zu bedeuten.«

»Wenn du keine Rothäute gesehen hast, so bedeutet das nicht mehr und nicht weniger, daß keine in der Nähe sind.«

»Das habe ich nicht behauptet, Sergeant«, antwortete der Kundschafter.

Der Sergeant spuckte aus.

»Dann hast du vielleicht Spuren entdeckt oder was?«

»Richtig«, bestätigte Silas Reed.

»Hör mal, Reed, wenn du glaubst, daß mir dieses Ratespiel Spaß macht, irrst du dich gewaltig.«

Der Kundschafter nahm seinem Pferd das Zaumzeug ab und ließ es frei laufen.

Billy kam zum Camp und brachte seine Deckenrolle. Er merkte sofort, daß zwischen dem Kundschafter und dem Sergeant etwas nicht stimmte.

»Was ist los?« fragte er höflich.

»Nichts«, gab der Sergeant unwirsch zurück.

»Ich glaube, wir werden beobachtet«, sagte Silas Reed zu Billy. »Könnte sein, daß deine Verwandten in der Nähe sind.«

»Comanchen?« fragte der Sergeant und öffnete die Sicherung an seinem Revolverfutteral.

»Könnten auch Kiowas sein.«

»Wieviele?«

»Ein paar. Vielleicht Kundschafter.«

»Bist du sicher, daß es sich nicht um Reservatsindianer handelt?« fragte der Sergeant.

»Sie reiten gute Pferde, die unbeschlagen sind«, erklärte Silas Reed. »Wenn es Reservatsindianer wären, hätten sie keine Pferde, weil sie sie nämlich längst gegessen hätten.«

Silas Reed drehte sich, wie zum Zeichen, daß er nun genug geredet hatte, um und ließ den Sergeant einfach stehen.

»Wenn es wilde Indianer sind, müssen wir sofort losreiten und nach ihnen suchen«, schlug der Sergeant vor. »Dadurch können wir verhindern, daß wir von ihnen überrascht werden.«

Billy lachte.

»Das wäre eine ziemliche Zeitverschwendung«, spottete er und zeigte zu einer Hügelkuppe hoch. »Schau dich nur mal um, dann weißt du, was ich meine.«

Wie von einem Skorpion gestochen, fuhr der Sergeant, der McLean hieß, herum und stieß einen derben Fluch aus, als er die drei Reiter erblickte, die sich auf der niedrigsten der drei Hügelkuppen gegen den Abendhimmel abzeichneten. Sie befanden sich ungefähr zwei Meilen entfernt, aber es war mühelos zu erkennen, daß die drei regungslos auf ihren Pferden sitzenden Gestalten keine Hüte trugen.

»Kiowas«, sagte Billy Lone Wolf geringschätzig und spuckte durch seine Zahnlücke ins Feuer.

*

Das Mädchen hatte die Tage nicht gezählt, die es allein in den Hügeln verbrachte. Der Tod, so hoffte es, würde die Zeit genauso auslöschen wie die Einsamkeit, die Schmerzen und den Hunger. Der Tod, so hoffte es, würde plötzlich da sein, wie ein Schatten aus dem Nichts, mit leiser Stimme und sanfter Hand. Niemandem hätte das Mädchen mehr vertraut außer ihm, der ihre Familie kannte wie keiner sonst, denn er hatte Vater in die ewigen Jagdgründe geführt und Mutter nachgeholt, als ihr vor Schmerz über den Verlust ihres Mannes das Herz brach. Und früher hatte er ihrem Bruder den Weg in die ewigen Jagdgründe gezeigt, den ein junger Krieger triumphierend zu gehen hatte, wenn sein Tag zum Sterben gekommen war. Auch hatte er zwei ihrer Schwestern geholt, als die Cheyenne zum ersten Mal von einer neuen, von den Bleichgesichtern eingeschleppten Krankheit heimgesucht wurden. Vor vielen, vielen Wintern in ihrer alten Heimat im Norden.

Bald würde das Mädchen vereint sein mit seinen Eltern und Geschwistern, und das Glück würde sie alle berühren wie die wärmenden Strahlen der Frühlingssonne oder wie das kühle klare Wasser eines Quellflusses in den Bergen der alten Heimat.

Nichts anderes wünschte sich das Mädchen noch, als auf seinem letzten Weg noch einmal die grünen Hügel zu sehen, wo einmal die Tipis der Cheyenne gestanden hatten, die dunklen Wälder der Black Hills, in denen die Luft auch im Sommer frisch war und würzig vom Geruch der Nadelbäume. Die Kraft fehlte ihm, nach Norden zu gehen und diejenigen zu suchen, die geflüchtet waren, als die Soldaten die Cheyenne aus ihrer Heimat vertrieben und als Gefangene nach Süden geführt hatten. Ein Jahr war es her, seit die Cheyenne hier in diesem Reservat eingesperrt waren, in dem die Sonne gnadenlos die Erde verbrannte und die Quellen in den Hügeln zum Versiegen brachte.

Das Mädchen dachte an die alte Heimat und an die Tage, als sein Bruder mit den anderen jungen Kriegern auszog, um den Krähen-Indianern, den Erzfeinden der Cheyenne, die schönsten Ponys zu stehlen. Und weil es von seinen Gedanken wie von Adlerschwingen in die Vergangenheit getragen wurde, hörte es den Reiter erst, als dieser um die Biegung der Schlucht geritten kam. Das Mädchen, das mit dem Rücken gegen den Felsbrocken gelehnt am Boden saß, wagte nicht, sich zu rühren. Es atmete nicht einmal mehr. Wie durch einen hauchdünnen Nebelschleier hindurch sah es den Reiter. War er der Freund, auf den es so lange gewartet hatte?

Der Reiter zügelte sein Pferd. Er saß aufrecht im Sattel. Sein Gesicht war dunkel. Zwei lange schwarze Zöpfe hingen ihm auf seine nackte Brust herunter, auf der ein großes rundes Medaillon glänzte. In der linken Hand hielt der Reiter ein Gewehr, und quer durch sein Gesicht zog sich ein fingerbreiter weißer Strich.

Der Reiter gab ein paar kehlige Laute von sich, die das Mädchen nicht verstehen konnte. Hinter ihm tauchten einige andere Reiter auf. Dem Mädchen wurde plötzlich klar, daß es nicht der Tod war, der dort auf einem großen schwarzen Pferd saß und es mit einem lauernden Ausdruck in den dunklen Augen anstarrte. Einige Sekunden verharrte das Mädchen regungslos am Boden, aber als der Reiter plötzlich einen heiseren Schrei ausstieß, sprang es auf und ergriff die Flucht. Es lief tiefer in den Canyon hinein, und es hörte die Reiter spöttisch lachen. Plötzlich strauchelte es, und es fiel hin. Die Reiter galoppierten heran. Staub wirbelte durch den Canyon. Das Mädchen wollte sich erheben und weiterlaufen, aber einer der Reiter warf sich vom Pferd und stürzte sich auf das Mädchen. Er packte es an den Haaren und riß es zu Boden. Das Mädchen schlug mit dem Kopf gegen einen Stein, und es dachte, daß es jetzt sterben würde. Aber wo war der Freund, der ihm den Weg dorthin zeigen würde, wo seine Familie wartete?

*

Die drei Indianer auf dem Hügel hielten ihre Pferde still. Deutlich war zu erkennen, daß sie bis auf die Leggins und den Lendenschurz nackt waren. Alle drei besaßen Gewehre.

Sergeant McLean, der beim Anblick der Indianer mit einem Fluch auf die Beine gesprungen war, zog hastig seinen Dienstrevolver aus dem Futteral. Shorty lachte, als er das sah.

»Was willst du denn mit deiner Knarre, Blaubauch?« fragte er. »Mit so einem Ding machst du doch keinen Eindruck auf sie.«

»Es sind Rothäute, verdammt noch mal!« knurrte Sergeant McLean. »Sie hocken dort oben auf ihren Gäulen, als ob sie ausrechnen wollten, wie viele Suppentöpfe ihre Weiber bereit machen sollen.«

G. P., der in einem ausgetrockneten Flußbett mit einem Handspaten nach Wasser gegraben hatte, kam hinter einem Hügel hervorgerannt und fuchtelte mit den Armen wild in der Luft herum.

»Indianer!« schrie er mit sich überschlagender Stimme. »Dort, mindestens dreißig!«

»Wo?« Big Jack Kane griff nach seinem Krückstock und erhob sich nun auch.

»Hinter dem Hügel auf der anderen Seite des Flusses!« rief der Rekrut und rannte zu seinem Sattel, wo sein Karabiner hing. »Sie haben Gewehre und alles!«

»So wie du aussiehst, müssen sie sogar im Besitz von Haubitzen sein«, spottete Jefferson Freeman.

G. P. zerrte den Karabiner aus dem Scabbard. Mit dem Gewehr schußbereit, warf er sich ins Gras. In diesem Moment kam Chris Kane, der Herdenwache hatte, zum Lager geritten.

»Das sind keine Cheyenne«, rief er zu seinem Vater, als er sein Pferd zügelte.

Billy pfiff sein Pferd heran, sprang auf den bloßen Rükken und ritt den Hügel hinauf, bis er die Indianer sehen konnte. Es waren zwölf. Sie waren dabei, das Flußbett zu durchqueren. An der Spitze ritt ein hünenhafter Krieger, dessen Haar im Dämmerlicht silbern glänzte.

Sie waren alle mit Gewehren und Revolvern bewaffnet. Als sie Billy bemerkten, kamen sie direkt auf ihn zugeritten. Billy wendete seinen Schecken und ritt zum Lager zurück.

»Zwölf!« sagte er. »Es sind Kiowas. Sie sind bis an die Zähne bewaffnet, und sie haben einige Maulesel und einen Gefangenen bei sich!«

Big Jack Kane, der krumm auf seine Krücke gestützt beim Feuer stand, wandte sich an den Sergeant.

»Well, Sergeant«, meine er trocken. »Jetzt wissen Sie, was Silas vorhin gemeint hat, als er sagte, daß er keine Rothäute gesehen hat.«

»Was gedenken Sie zu tun?« fragte McLean schnell, denn jetzt tauchten jenseits des Bachbettes im Gestrüpp schon die ersten Indianer auf. Das Licht war inzwischen sehr schlecht geworden, und Chris Kane, der im Sattel seines Pferdes sitzen geblieben war, konnte kaum mehr die einzelnen Reiter auseinanderhalten. Er warf einen Blick zum Hügel hoch, wo die ersten Indianer aufgetaucht waren, aber jetzt war niemand mehr dort oben.

Die Indianer auf der anderen Seite des Bachbettes näherten sich langsam.

Big Jack Kane sah Silas Reed kurz an. Das narbige Gesicht des Kundschafters blieb ausdruckslos.

»Das sind nur zwölf und keine dreißig«, sagte Shorty, der breitbeinig neben Big Jack Kane stand und die Hände in die Hüften gestemmt hatte.

G. P. hob den Kopf. »Zwölf oder dreißig, was ist da der Unterschied?«

»Achtzehn«, gab Shorty ungerührt zurück. »Sergeant, passen Sie auf, daß G. P. nicht die Nerven durchgehen und er plötzlich den Finger krumm macht. Ich glaube nämlich nicht, daß uns diese Kiowas ans Leder wollen.«

»Den Alten kenne ich«, sagte Billy plötzlich. »Das ist Yellow Bear, ein ganz durchtriebener alter Schurke. Bestimmt hat er irgend etwas ausgekocht, um uns ein paar Rinder abzuluchsen.«

Kaum hatte er ausgesprochen, hielten die Kiowas ihre Pferde und Maultiere an. Der Hüne mit den grauen Haarsträhnen sagte etwas zu den anderen, dann kam er in Begleitung eines jüngeren Kriegers auf das Lager zugeritten.

Chris Kane hörte, wie der junge Rekrut den Hahn seines Karabiners spannte.

»Sachte, G. P.«, sagte er leise zu ihm.

Die beiden Indianer ritten nebeneinander im Schritt bis auf einige Yard an das Lager heran und zügelten dann ihre Pferde.

»Was tun wir jetzt, Kane?« fragte McLean heiser.

»Ich verlasse mich auf Billy, der unsere Interessen vertreten wird«, antwortete Big Jack Kane. »Für diejenigen der Armee sind Sie zuständig, Sergeant.«

McLean holte tief Luft. »Heißt das, daß Sie uns sitzen lassen?«

Billy lachte auf.

»Sie können auch stehen oder liegen, Mister Blaubauch. Uns ist das gleichgültig. Wenn Ihr dämlicher Lieutenant hier wäre, hätte er die Verantwortung. Aber da gab es ja irgendwo etwas Wichtigeres zu erledigen, so daß Sie nun in der Klemme stecken.«

»Mit euch zusammen«, knurrte der Sergeant.

Regungslos saßen die beiden Kiowas etwa zwanzig Schritte entfernt auf ihren Pferden. Yellow Bears Haar war in der Mitte gescheitelt. Zwei mit Glasperlen und bunten Stoffstreifen verzierte Zöpfe hingen ihm auf die Schulter herab.

Der andere war noch jung. In seinem Haar steckte eine einzige Adlerfeder.

Yellow Bear richtete sich im Sattel zu voller Größe auf und hob die rechte Hand zum Gruß. Er sah dabei nur Billy Lone Wolf an, der ein paar Schritte vorgetreten war.

Chris Kane hörte, wie Sergeant McLean durch die Zähne pfiff, während G. P. im Gras lag und anscheinend ein Gebet murmelte.

Chris Kanes Pferd wieherte plötzlich. Es war wie ein Signal, das jäh die Stille zerriß. Billy, der vor den beiden Reitern stand, begann zu sprechen. Die unartikulierten Laute ergaben, außer für Silas Reed, keinen Sinn. Yellow Bear antwortete in gleicher Weise, und Chris, der kein Wort verstand, traute seinen Augen nicht, als ein breites Grinsen das lederhäutige Gesicht des alten Häuptlings erhellte.

Billy ging schließlich zu ihm, als wären sie uralte Freunde, die sich gegenseitig unzählige Male das Leben gerettet hatten, die Hand. Dann ging Billy mit ausgestreckter Hand auf die Gruppe der Reiter zu, als könnten sie es kaum erwarten, ihm ihre Hände zu geben und kräftig durchschütteln zu lassen.

Für jeden hatte Billy ein paar freundliche Worte, jedenfalls sah es für Chris und die anderen nach freundlichen Worten aus, und als er den letzten begrüßt hatte, stiegen sie alle ab und folgten Billy zum Lager.

»Teufel, ich werde noch verrückt«, murmelte Sergeant McLean, als Yellow Bear vor Big Jack Kane stehenblieb und ihm seine mächtige Pranke anbot. Der Rancher, der auch ein großer Mann war, aber von dem Kiowa-Häuptling noch überragt wurde, ergriff sie und schüttelte sie kräftig.

»Ich, Yellow Bear«, sagte der Häuptling stolz.

»Kane«, sagte der Rancher. »Das bin ich.«

Billy grinste schief.

»Ah, Kane.« Der Alte verzog sein Gesicht, und dabei kamen einige wenige Zahnstummel zum Vorschein.

»Du viel gutes Viehzeug.«

»Mein Viehzeug ist für die Cheyenne im Reservat bestimmt«, erklärte Big Jack Kane, der auch ohne Billys warnendes Grinsen sofort merkte, worum es ging. »Du kriegst von mir kein Rind, Häuptling.«

Die dunklen Augen des Häuptlings glühten auf.

»Tausch«, schlug er vor.

»Tausch?« fragte Big Jack Kane zweifelnd. »Ich glaube nicht, daß du etwas hast, das ich gerne besitzen würde!«

»Tausch«, beharrte Yellow Bear. Er hob die rechte Hand hoch, an der er nur drei Finger hatte. »Fünf Rinder«, sagte er.

»Drei«, schnappte Shorty, »das sind drei, du alter Schurke!«

»Und was soll ich dafür kriegen?«

»Gefangener.«

»Wenn du einen Gefangenen hast, wäre es besser,

wenn du ihn laufen läßt«, sagte Big Jack Kane hart. »Du weißt, daß es euch nicht erlaubt ist, Gefangene zu machen. Wir sind hier auf Reservatsgebiet!«

»Fünf Rinder für Gefangenen«, sagte Yellow Bear unbeirrt. »Okay?«

Der Rancher schüttelte den Kopf. »Gar nichts ist okay! Ich bin nicht an deinem Gefangenen interessiert.«

Yellow Bear gab seinem Begleiter einen kurzen Befehl. Der junge Krieger riß sein Pony hart herum und ritt in halsbrecherischer Art den Weg zurück, den sie gekommen waren. Yellow Bear fragte Big Jack Kane nach Tabak und nahm eine kleine Maiskolbenpfeife aus seinem Hemd. Der Rancher reichte ihm seinen Tabaksbeutel. Der Häuptling ließ sich aufseufzend beim Feuer nieder und stopfte gemächlich seine Pfeife.

Big Jack Kane sah Billy fragend an, und als dieser ihm aufmunternd zunickte, setzte sich der Rancher dem Häuptling gegenüber ans Feuer und nahm seine Pfeife hervor.

Sie rauchten schweigend, als der junge Krieger in Begleitung eines anderen zurückkehrte. Der andere, er ritt ein schwarzes Pferd, führte einen Gefangenen am Lasso. Der Gefangene stolperte hinter dem Pferd her und stürzte die Uferböschung hinunter. Der Reiter trieb sein Pferd hart an, und der Gefangene versuchte vergeblich, auf die Beine zu kommen. Er taumelte und fiel wieder hin und wurde durch das Bachbett und über die Uferböschung hochgeschleift.

Als die beiden Reiter beim Lager ankamen, hielten sie an. Jetzt hatte der Gefangene nicht mehr die Kraft aufzustehen. Zusammengekrümmt wie ein geschlagener Hund lag er am Boden. Der Reiter, der ihn am Lasso hatte, war ein muskulöser Krieger, der, sehr zum Ärger von Sergeant McLean, eine Uniformjacke trug, von der die Ärmel abgetrennt waren. Die Jacke stand ihm über der Brust offen, und deutlich konnte Big Jack Kane und seine Cowboys die große helle Brandnarbe über dem rechten Brustmuskel erkennen.

»Das ist Spotted Hawk, ein gefürchteter Krieger und einer der besten Jäger, die ich kenne«, sagte Billy leise zu Chris Kane, der aus engen Augen zu dem Indianer hinüberblickte.

»Feines, gutes Gefangener«, sagte Yellow Bear, und sein Gesicht verschwand hinter einer Rauchwolke.

»Ich will deinen Gefangenen nicht«, antwortete Big Jack Kane bestimmt.

Yellow Bear sagte etwas zu dem Kiowa mit der Brandnarbe. Dieser zerrte einige Male kräftig an der Leine. Der Gefangene hob den Kopf. Obwohl es nun schon fast dunkel war, konnte der Rancher erkennen, daß sein Gesicht mit Blut verschmiert war. Dunkle, kurzgeschnittene Haarsträhnen klebten in seiner Stirn. Die Augen weiteten sich etwas, und zur Überraschung von Big Jack Kane, der die zerlumpte Gestalt für einen Indianer gehalten hatte, waren es blaue Augen, die ihn mit einem gehetzten Ausdruck anblickten.

Auf einen Befehl von Yellow Bear sprang Spotted Hawk von seinem Rappen. Er packte den Gefangenen und zerrte ihn auf die Beine. Damit er nicht sogleich wieder hinfiel, mußte er die magere Gestalt aufrecht halten.

»Was du sagen, Kane«, fragte der Häuptling und paffte

Rauch in die warme Nachtluft. »Fünf Rinder für viel gutes Gefangener.«

»Ich kann ihn nicht brauchen«, sagte Big Jack Kane. »Er ist zu mager und zu jung.«

Chris Kane, der die ganze Zeit ohne sich zu rühren auf seinem Pferd gesessen hatte, ritt plötzlich an. Ohne sich um seinen Vater zu kümmern, der ihn mit einer Handbewegung aufhalten wollte, lenkte Chris sein Pferd auf den Gefangenen zu und hielt vor ihm an. Der Kiowa mit der Brandnarbe stieß den Gefangenen von sich. Er taumelte einige Schritte auf Chris zu und blieb dann wankend stehen. Der Blick aus den blauen Augen streifte Chris für eine Sekunde, dann senkten sich die Lider.

Yellow Bear sagte etwas zu Spotted Hawk, der den Gefangenen an seinem zerfetzten Hemd packte. Mit einem Ruck riß er es ihm vom Oberkörper, und jetzt konnten alle sehen, daß es sich bei dem Gefangenen nicht um einen Jungen handelte, sondern um ein Mädchen.

Chris sprang sofort aus dem Sattel, und bevor sich ihm Spotted Hawk in den Weg stellen konnte, zog er seinen Revolver und richtete ihn unmißverständlich auf die nackte Brust des Kiowas.

»Geh mir aus dem Weg!« fuhr ihn Chris an. Als Spotted Hawk sich nicht rührte, stieß er ihn mit dem Revolverlauf zur Seite. Die Hand des Kiowas fuhr zum Gürtel, in dem ein großes Jagdmesser steckte, aber auf einen scharfen Befehl des Häuptlings verharrte er mitten in der Bewegung. Chris ging zu dem Mädchen und zog ihm das Hemd über die Schultern hoch, bis seine Blöße bedeckt war.

Yellow Bear lachte auf, und Spotted Hawk begann hart

am Seil zu zerren. Chris packte das Mädchen mit einer Hand am Arm, während er seinen Revolver auf Spotted Hawk richtete.

»Billy, sag ihm, daß ich ihn niederschieße, wenn er den Strick nicht fallen läßt!«

Billy, der sich ebenfalls beim Feuer niedergelassen hatte, blickte Chris warnend an.

»Halte dich da lieber raus!« sagte er. »Das Mädchen gehört ihnen. Sie können mit ihm machen, was sie wollen.«

»Nicht vor meinen Augen!« gab Chris scharf zurück. Er spannte den Hammer. Das metallische Klicken ließ Spotted Hawk zusammenfahren.

»Mach schon!« fauchte ihn Chris an. »Laß das Seil fallen!«

»Fünf Rinder!« verlangte Yellow Bear fest. Die Pfeife war ihm ausgegangen. »Ohne Rinder, gar nix Geschäft.«

»Boss, wenn du willst, fangen wir jetzt mit Schießen an!« sagte Waco, der mit angeschlagenem Gewehr im Gestrüpp kauerte.

»Nicht wegen einem gefangenen Indianermädchen kommt es hier zu einem Gemetzel!« rief Sergeant McLean aus. »Hören Sie, Kane, sagen Sie Ihrem Sohn, daß uns die Sache nicht die Bohne angeht. Die Kiowas haben ein Mädchen gefangen. So was kommt bei den Rothäuten alle Tage vor. Da ist überhaupt nichts zu machen, und wenn Ihr Sohn nicht vernünftig ist . . .«

»Halten Sie den Mund!« unterbrach Big Jack Kane den Redeschwall des nervös gewordenen Sergeants.

»Kane, ich warne Sie! Was hier geschieht, ist . . .«

»Du sollst die Klappe halten, Blaubauch!« zischte Waco.

McLean sagte nichts mehr.

Yellow Bear begann nun heftig auf Spotted Hawk einzureden. Spotted Hawk schien seinem Häuptling scharf zu widersprechen. Big Jack Kane sah Billy an.

»Was reden die beiden?« fragte er den Comanchen.

»Sie sind sich uneinig.«

»Donnerwetter, das hätte ich nicht gedacht«, gab ihm Big Jack Kane sarkastisch zur Antwort.

Chris merkte, wie das Mädchen plötzlich taumelte. Dann sackte es in seinen Armen zusammen, und das blutverschmierte Gesicht fiel gegen seine Brust.

»Uh, ich glaube, die Kleine hat soeben ihr Herz verloren«, krächzte Shorty.

»Red keinen Mist, Shorty«, stieß G. P. hervor. »Das Mädchen ist ohnmächtig geworden.«

»Es ist mager wie ein nackter Vogel«, sagte Waco. »Wahrscheinlich ist es ein Cheyenne-Mädchen vom Reservat.«

Yellow Bear und Spotted Hawk schienen sich einig geworden zu sein. Der Häuptling hob die Hand und streckte seine drei Finger in die Höhe.

»Vier Rinder«, sagte er.

Big Jack Kane schüttelte den Kopf.

»Vater, gib ihnen die Rinder!« verlangte Chris.

Endlich hob der Rancher seine Hand und zeigte dem Häuptling drei Finger.

»Drei Rinder, Chief«, sagte er. »Für jeden Finger an deiner Hand ein Rind.«

Noch einmal begannen die beiden Kiowas in ihrer Sprache aufeinander einzureden. Schließlich warf Spotted Hawk das Seil entrüstet von sich, drehte sich um und schwang sich auf den Rücken seines Pferdes. Mit einem Schrei gab er ihm die Absätze und jagte davon.

Chris ließ sich mit dem bewußtlosen Mädchen sofort auf die Knie nieder und löste die Schlinge, die ihm die Kehle zuschnürte.

»Wasser!« rief er Jeff zu. Chris kümmerte sich nicht mehr um die drei Kiowas, und er sah nicht, wie sein Vater die Hand von Yellow Bear ergriff, um den Handel mit dem Häuptling zu besiegeln.

*

Während sich Chris um das Mädchen kümmerte, versuchte Big Jack Kane dem Kiowa-Häuptling klarzumachen, daß er keinesfalls mehr als drei Rinder erhalten würde, auch wenn er es sich am nächsten Morgen anders überlegen sollte. Er traute dem alten Schlitzohr nicht, besonders, als ihm dieser mit einem breiten Grinsen erklärte, daß hinter den Hügeln tatsächlich noch etwa zwei Dutzend Frauen und Kinder warteten.

Chris kauerte beim Feuer am Boden. Der Flammenschein gab dem Gesicht des Mädchens Leben, obwohl es ohnmächtig war.

Der Sergeant kam zum Feuer.

»Junge, dein Vater macht einen Fehler, wenn er denkt, daß diese Rothäute uns in Ruhe lassen, wenn sie sich satt gegessen haben. Morgen werden sie wieder kommen und...«

»Sich Bleikugeln holen«, unterbrach Chris den Sergeant, während er versuchte, dem ohnmächtigen Mädchen ein bißchen Wasser einzuflößen. Unterdessen waren die Kiowas dabei, mit lautem Geschrei drei Rinder von der

Herde zu trennen. Sie trieben die Tiere in die Senke hinein, durch die sich das ausgetrocknete Bachbett zog. Auf
der anderen Seite tauchte jetzt im Dunkeln eine Anzahl
von Gestalten auf, Menschen und Pferde. Ein Hund begann zu kläffen.

»Da sind die Frauen und Kinder«, sagte Shorty. »Bald
ist hier der ganze Stamm versammelt.«

Während es dunkel wurde, errichteten die Neuan-
kömmlinge auf der anderen Seite der Senke ein Lager. Für
eine Weile herrschte geschäftiges Treiben. Kinder holten
Holz. Frauen errichteten kleine Tipis aus Zeltstoff und
Hütten aus Ästen. Bald hatten die Kiowas ein paar Feuer
entfacht, die mit ihren Flammen die ganze Senke aus-
leuchteten.

»Das gefällt mir nicht«, wandte sich Sergeant McLean
an Big Jack Kane. »Die haben etwas ganz Bestimmtes vor,
sonst würden sie mit dem Feuerholz spärlicher umgehen.«

»Die feiern nur die erfolgreiche Jagd«, erklärte Billy
ruhig.

»Welche Jagd«, rief G. P. heiser.

Billy lachte und ging zu dem Jungen.

»Beruhige dich, G. P.«, sagte er freundlich, »gleich er-
lebst du ein Schauspiel, von dem du eines Tages deinen
Enkelkindern erzählen wirst, wenn du lange genug
lebst.«

KAPITEL 5

Nacht der Kiowas

Die Kiowas tanzten zum Rhythmus einer Trommel. Schattenhafte Gestalten glitten durch den Flammenschein der Feuer. Hin und wieder hallten Schreie durch die Nacht. Im Lager der Texas-Mannschaft von Big Jack Kane herrschte eine angespannte Unruhe. Die Männer starrten in die hell erleuchtete Senke hinunter, und keiner von ihnen entfernte sich mehr vom kleinen Lagerfeuer, ohne sein Gewehr mitzunehmen. Im Norden bewegten sich Rinder in der Dunkelheit, unruhig geworden durch die Nähe der Indianer und der großen Feuer. Der Rancher schickte Shorty und Jeff aus, um nach der Herde zu sehen und notfalls zu verhindern, daß sie nach Westen oder nach Osten abwanderte. Solange sich die Rinder auf ihrer Suche nach Futter langsam nach Norden hin bewegten, war alles in Ordnung.

Sergeant McLean, der ein Stück Hartbrot in Kaffee tauchte, bis es endlich weich war, blickte Silas Reed, den Kundschafter, fragend an.

»Ich wäre froh, wenn mir jemand zur Einleitung des bevorstehenden Schauspiels einen Kommentar geben würde«, sagte er etwas nervös.

»Ich kenne die Kiowa-Bräuche nicht«, antwortete Silas

Reed. Er saß mit übereinandergeschlagenen Beinen am Feuer und kaute genußvoll ein Stück Fleisch.

»Und was ist mit dir, Billy?«

»Gleich geht es los, Sergeant«, sagte Billy ruhig und drehte sich Chris zu. »Was ist mit dem Mädchen?«

Chris gab ihm keine Antwort. Das Mädchen war aus der Ohmacht erwacht. Als es merkte, wo es sich befand, begann es sich aufzurichten. Alle starrten jetzt das Mädchen an. Chris nahm seine Wasserflasche zur Hand und hielt sie dem Mädchen hin. Das Mädchen kroch rückwärts davon, ohne einen Laut von sich zu geben. Weit kam es nicht. Die Kräfte verließen es. Es fiel hin. Zusammengekrümmt blieb es liegen. Seine Augen waren geöffnet. Nackte Angst!

»Sag ihr, daß ihr nichts geschieht und daß sie sich nicht zu fürchten braucht«, forderte Chris Billy Lone Wolf auf.

Billy sagte etwas in der Sprache der Comanchen und machte dazu die entsprechenden Handzeichen. Das Mädchen starrte ihn an, zeigte aber nich die geringste Reaktion.

»Das hat keinen Zweck«, sagte er. »Aus der kriegst du kein Wort heraus. Die hat genausoviel Angst vor uns wie vor den Kiowas.«

»Wer weiß, was sie schon alles durchgestanden hat«, sagte Sergeant McLean. »Wir wissen ja, was Rothäute mit ihren Gefangenen alles anstellen, besonders, wenn es sich um ein weißes Mädchen handelt.«

»Das Mädchen ist nicht weiß, McLean!« wandte Shorty grimmig ein. »Das Mädchen ist eine Cheyenne.«

»Und wie kommt es dann zu seinen blauen Augen. Wenn es bei den Cheyenne aufgewachsen ist, dann wurde es wahrscheinlich von diesen vor langer Zeit gefangengenommen und entführt. Bestimmt werden sich in den Armee-Archiven die leiblichen Eltern finden lassen und...«

»Halt endlich den Mund, Sergeant!« unterbrach ihn Billy rauh. »Das Mädchen ist jetzt bei uns, und damit hat es sich.«

Auf der anderen Seite der Senke hatten sich inzwischen die Frauen und Kinder am Rand hingesetzt. Chris erhob sich, um besser zu sehen. Das Mädchen zuckte zusammen und machte sich noch kleiner als zuvor.

»Was passiert jetzt, Billy?« fragte Waco den Comanchen.

»Also, jetzt fängt es gleich an«, sagte Billy. »Wie eine Ouvertüre bei einer Oper, verstehst du?«

»Mann, ich dreh gleich durch«, stöhnte Sergeant McLean gequält. »Was versteht so eine Rothaut schon von einer Oper?«

»Du wirst es kaum glauben, Blaubauch«, lächelte Billy gutmütig, »aber wir hatten einmal einen Dirigenten gefangengenommen, der aus Italien kam, dem Land der schönen Künste, der Heimat eines Leonardo da Vinci, eines Giuseppe Verdi oder eines Michelangelo. Donnerwetter, das war ein Mann. Vitorio Mezzardi di Verona nannte er sich. Er sang Aida, während er ein imaginäres Orchester dirigierte, daß man sich direkt in die Mailänder Oper versetzt fühlte. Wir lauschten stundenlang, hingerissen von seinen eleganten Bewegungen, von seinem Temperament und den jeweiligen Ausbrüchen, bei denen er mehr als ein halbes Dutzend Pfeile zerbrach, die er als Dirigierstöcke benutzte. Die Mädchen schwärmten von ihm, und er hätte sich unzählige Male verheiraten können, wenn er kein Italiener gewesen wäre, der an die Gesetze des Staates und der Kirche glaubte.«

»Habt ihr ihn etwa zu Tode gemartert?« fragte G. P.

»Natürlich! Was hätten wir sonst mit ihm tun sollen? Er wollte unter keinen Umständen ein Comanche werden. Als er einmal zu entfliehen versuchte, um die Armee zu alarmieren, haben wir ihm...«

»Das will kein Mensch wissen!« rief der Sergeant dazwischen. »Das sind unmenschliche Sitten, für die man euch alle aufknüpfen sollte. Zum Teufel, was haben diese roten Schufte vor?«

Die Männer blickten zur Senke hinüber. Bei einem der Feuer hatten sich mehrere Kiowas ihrer Kleider entledigt. Sie trugen nur noch Lendenschürze und Mokassins. Einige schienen ganz nackt zu sein. Auf einer kleinen Anhöhe am Rand der Senke stand Yellow Bear, krumm wie ein morscher Pfahl. Er stützte sich auf eine Lanze, an der Skalps, Federn und andere Trophäen hingen. Der Feuerschein beleuchtete sein Gesicht, das er mit gelber Farbe angestrichen hatte. Auch die anderen Kiowas hatten sich ihrer Gesichter, den Oberkörper, Arme und Beine mit gelber, schwarzer und roter Farbe bemalt. Im zuckenden Flammenschein sahen sie schrecklich und zugleich geheimnisvoll aus. Dumpf tönten die Trommelschläge durch die Nacht.

Chris Kane merkte, wie ein Gefühl der Unruhe in ihm aufstieg. Er warf einen verstohlenen Blick auf das Mädchen, das noch immer regungslos am Boden lag.

Nur Billy schien die ganze Sache nichts auszumachen. Gemütlich saß er am kleinen Feuer, goß sich heißen Kaffee nach und blies durch seine Zahnlücke vorsichtig in die Tasse.

Chris kauerte beim Mädchen nieder.

»Ich bin Chris Kane«, sagte er leise. »Das ist mein Name, Chris!«

Das Mädchen senkte den Blick. Chris berührte es an der Schulter. »Wie heißt du?« fragte er, jedes Wort deutlich betonend.

Das Mädchen hob die Lider, aber in diesem Augenblick wurden sie beide von einem Schrei abgelenkt, den Yellow Bear ausstieß. Der Kiowa-Häuptling Yellow Bear hatte beide Hände erhoben und stand leicht hin- und herschwankend auf der Anhöhe. Den Kopf hatte er in den Nacken gelegt, so daß ihm der Mond ins Gesicht schien, das dadurch beinahe weiß wurde. Nur die Augenhöhlen waren so dunkel wie Astlöcher im Stamm eines toten Baumes. Er richtete seine Lanze zum Himmel auf und begann dann mit einem merkwürdigen Gesang, der sich dem Rhythmus der Trommeln anpaßte.

Von Norden her trotteten jetzt die drei Rinder nervös in die Senke hinein. Ängstlich drängten sie sich zusammen und suchten nach einem Fluchtweg, aber sobald sie sich dem Rand der Senke näherten, wurden sie von jungen Kiowas zurückgetrieben.

Chris erhob sich. Er holte eine Decke von seiner Bettrolle und warf sie dem Mädchen hin. Die Decke fiel auf den Boden. Das Mädchen rührte sich nicht.

Billy trank die Tasse leer und nahm sein Gewehr zur Hand.

Big Jack Kane sah ihn fragend an, und Billy nickte ihm zu.

»Die Jagd beginnt«, sagte er ruhig.

»Die Jagd?« sagte Sergeant McLean spöttisch.

»Richtig, Sergeant.« Billy lehnte sich mit dem Rücken gegen seinen Sattel. »Die Rinder stellen einen zwar recht billigen Ersatz für Büffel dar, aber in der Not frißt der Teufel Fliegen. Die Kiowas rüsten sich zur Jagd. Vorerst tanzen sie eine Weile. Dann geht es los.«

»Ohne Waffen?« fragte G. P., der so was zum ersten Mal sah.

»Rinder töten sie mit ihren Messern, G. P.«, erklärte Billy. »Es ist überhaupt nicht schön anzusehen. Aber es wird nichts schaden, wenn ihr die Augen offen haltet. Es ist immerhin möglich, daß sie durchdrehen und gleich weitermachen wollen, weil hier ja noch viele Büffel herumstehen und zwei davon sogar einen blauen Bauch haben. Sergeant, dein Skalp wäre in jeder Sammlung ein Prunkstück.«

Chris warf Billy einen Blick zu. Das Gesicht des Halbbluts war ernst, und als er mit dem Gewehr zu einer Erhöhung ging und sich dort auf den Bauch legte, wußte Chris, daß sich Billy tatsächlich Sorgen machte.

Jeff kam von der Herde zurück. »Die Schreie und das durcheinander haben die Rinder unruhig gemacht«, rief er Big Jack Kane zu. »Es wäre vielleicht besser, wenn wir uns für einen schnellen Abritt vorbereiten, Boys!«

»Okay, wir satteln«, entschied Big Jack Kane ohne zu zögern.

»Wozu?« fragte McLean. »Ich sehe keinen Grund, vor Tagesanbruch hier wegzureiten. Dieser Lagerplatz bietet uns, für den Fall eines Indianerangriffes, eine ausgezeichnete Verteidigungsstellung.«

»Ich habe gesagt, daß *wir* satteln, Sergeant«, erwiderte der Rancher. »Was *Sie* tun oder nicht tun, ist mir gleichgültig.«

»Vielleicht können Sie mal von Ihrem hohen Roß herunterkommen und wie ein vernünftiger Mensch mit mir reden, Kane«, knurrte der Sergeant und folgte Big Jack Kane zu den Pferden. »Ich gebe ja zu, daß ich in solchen Sachen keine Erfahrung habe. Wie soll ich denn wissen, was getan werden muß, wenn ein paar Dutzend Rothäute plötzlich verrückt spielen.«

»Immerhin sind Sie lange genug bei der Armee, daß Sie wissen müßten, wem wir diese gefährliche Situation, in der wir gemeinsam stecken, zu verdanken haben, Sergeant McLean.«

McLean, der plötzlich wütend geworden war, starrte den Rancher verständnislos an.

»Hören Sie, Kane, wollen Sie etwa die Armee dafür verantwortlich machen, daß ihnen dieser gelbgesichtige Riese dort drei Rinder abgenommen hat? Kein Mensch hat von Ihnen verlangt, das Mädchen aus den Klauen dieser Wilden zu befreien.«

Big Jack Kane begann sein Pferd zu satteln.

»Mein Sohn hat mit Major Mizner ein Abkommen getroffen. Wenn Lawton oder Burton und seine Leute hier wären, würden wir mit diesen Kiowas keine Schwierigkeiten bekommen. Und dabei geht es doch überhaupt nicht um das Mädchen, McLean! Noch weiß ich nicht genau, was in diesem Reservat gespielt wird und welche Rolle die Armee hat, aber so wie ich es mir gedacht habe, paßt da einiges haargenau zusammen. Und glauben Sie nur nicht, daß ich zuviel Phantasie habe. Nachdem, was

Jefferson Freeman und seiner Herde passiert ist, und nachdem, was mir mein Sohn nach dem Besuch der Agentur berichtet hat, kann ich mir, ohne mich zu überanstrengen, einiges zusammenreimen. Ich glaube, dieser Lieutenant Burton muß entweder eine überzeugende Ausrede finden, oder er wird in Fort Reno vor ein Kriegsgericht gestellt, falls diese Herde auch nicht durchkommt.«

»Es ist doch nichts passiert, Kane. Zum Teufel, was regen Sie sich plötzlich auf?«

»Wir sind auch erst einen Katzensprung in diesem Land, Sergeant, und schon haben wir Ärger mit ein paar unzufriedenen Kiowas, und meine Leute kommen um ihre verdiente Nachtruhe.«

Big Jack Kane stieg auf sein Pferd.

»Was machen wir mit dem Mädchen?« fragte Waco.

»Es ist die Aufgabe meines Sohnes, dafür zu sorgen, daß es uns nicht behindert«, sagte Big Jack Kane barsch.

Für einen Moment herrschte Stille. Alle starrten Chris an. Sie wußten, daß gerade im Fall einer Stampede jeder Mann gebraucht wurde. Außerdem war das Mädchen so krank und schwach, daß es einen langen, beschwerlichen Ritt kaum durchstehen würde.

Chris, der dabei war, den Sattelgurt anzuziehen, hob kurz den Kopf.

»Ich mach das schon«, sagte er kurz und löste dann den Strick, mit dem er die Vorderbeine des Tieres gefesselt hatte. Die anderen hatten ihre Tiere unterdessen ebenfalls gesattelt. G. P. blickte seinen Vorgesetzten ratlos an und fragte, was dieser zu tun gedenke.

»Satteln!« knurrte McLean, als er sah, daß auch Silas Reed sein Pferd bereit machte.

In der Senke tanzten die Indianer im Kreis herum. In der Mitte hatten sie Yellow Bears Lanze in den Boden gesteckt. Sie stießen kehlige Laute aus, duckten sich, sprangen hoch, warfen die Köpfe in den Nacken, schrien, reckten ihre Fäuste mit den Messern hoch über die Köpfe und stießen blitzschnell ein imaginäres Beutestück nieder. Zwei, die beiden jüngsten, bewachten die aufgeregt tänzelnden Pferde, während sich der alte Yellow Bear neben der Lanze niederließ und anfing, sich im Takt seines Singsangs zu wiegen.

Fast eine halbe Stunde lang, während sich die Texas-Mannschaft von Big Jack Kane zum Abritt bereit machte, tanzten die Kiowas ohne Pause. Erst als sich Yellow Bear erhob, die Lanze aus dem Boden riß und durch den Ring seiner Krieger ging, brach der Lärm ab. Die Krieger blieben stocksteif stehen. Der Häuptling rief einige Worte zum Nachthimmel auf, schwang die Lanze über den Kopf und ging zu seinem Platz am Senkenrand zurück, wo er sich hinhockte und die Lanze in den Boden steckte. Die Krieger schwangen sich jetzt auf ihre Pferde. Nur mit ihren Messern bewaffnet, die bemalten Körper glänzend vor Schweiß, ritten sie in die Nacht hinaus. Nur der Häuptling und die Männer an der Trommel blieben zurück. Und am Rande der Senke saßen die Frauen und Kinder.

Chris Kane führte sein Pferd zu einem Platz in der Nähe des Mädchens. Dort nahm er seine Winchester zur Hand und kauerte nieder. Das Mädchen sah ihn mit ängstlichen Augen an. Chris bemerkte, daß es am ganzen Leib zitterte. Da stand er noch einmal auf, nahm die Decke und breitete sie über dem mageren Körper des Mädchens aus.

Unterdessen beeilten sich Sergeant McLean und G. P. mit dem Beladen des Maultieres. Sie wußten zwar nicht, wozu das gut sein sollte, aber sie taten es, weil alle anderen zum Weiterritt bereit waren. Auch die Ersatzpferde waren losgebunden worden und standen nun etwas abseits, dort wo Shorty auf seinem Pferd saß und darauf wartete, daß endlich etwas geschah.

Aber die Kiowas waren Meister darin, ihre Spiele ganz auszukosten. Sie wollten sich nichts entgehen lassen, und alles hatte seine vorgeschriebenen Regeln, die ganz genau eingehalten wurden. Billy hätte es erklären können, aber er hielt es für sinnlos, wie so vieles, was die Indianer den Weißen zu erklären versuchen. Aus einem Weißen würde niemals ein Indianer, und ein Indianer, der ein Weißer werden wollte, mußte bereit sein, seine Seele aufzugeben. Billy wußte Bescheid. Ja, vielleicht hatte er es den anderen erklären können. Billy blickte zu Chris hinüber. Dort lag das Mädchen am Boden, zugedeckt, als böte ihr die Decke Schutz vor denen, die ihm seine Seele stehlen wollten.

*

Wie Geisterreiter aus der Finsternis tauchten sie im Schein der Feuer auf, schwarze Schatten über dem Horizont, hinter ihnen nichts als die Weite des Sternenhimmels. Nur der Hufschlag ihrer Pferde war in der Stille der Nacht zu hören, da jetzt die Trommeln verstummten.

Sie hatten sich in drei Gruppen geteilt, die sich von drei Seiten gleichzeitig der Senke näherten. Die mittlere Gruppe zählte sieben Reiter, während zwei von beiden Seiten an der Rand der Senke heranritten.

»Das sind die Flankenreiter«, erklärte Billy leise. »Sie jagen wie die Büffelwölfe und machen alles wie es sich gehört. Paßt auf, so etwas seht ihr so schnell nicht wieder.«

Die beiden Indianer, die sich der Senke von links genähert hatten, ritten zuerst über den Rand. Die Rinder hatten sie nun entdeckt. Sie senkten ihre Köpfe, schnauften geräuschvoll durch die Nüstern und begannen dicht gedrängt davonzutrotten. Die beiden jungen Indianer schwenkten farbige Decken und trieben ihre Pferde plötzlich mit kehligen Schreien an. Sie ritten einen engen Bogen, der sie näher an die drei erschreckten Rinder heranbrachte, die nun ihre Schwänze streckten und mit kurzen Bocksprüngen auf den Muldenrand zurannten, wo in diesem Augenblick die anderen beiden Flankenreiter auftauchten und ihnen den Fluchtweg abschnitten. Einen Moment schienen die drei Rinder wie erstarrt. Dann schwenkten sie ihre Köpfe und warfen sich brüllend herum. Sie rannten nun dorthin, wo die eigentlichen »Jäger« auf das Kommando von Yellow Bear warteten, der sich erhoben hatte und plötzlich einen gellenden Schrei ausstieß. Mokassins und Beine klatschten gegen die Leiber der nervösen Jagdpferde. Wie eine Sturmflut jagten die Indianer in die Senke hinein, genau auf die drei Rinder zu, die gegen eine Mauer zu rennen schienen und plötzlich völlig verstört stehen blieben.

Erst als die ersten Indianer dicht an sie herangekommen waren, regten sie sich wieder und jagten in panischer Angst davon. Im Staub, den die Hufe der Pferde und Rinder aufwirbelten, erkannte Chris plötzlich unter den Jägern Spotted Hawk, den jungen Kiowa-Krieger mit dem

Brandmal auf der Brust. Die untere Hälfte seines Gesichtes war vollständig mit weißer Farbe bemalt. Er jagte auf seinem Rappen allen anderen voran, ein blitzendes Messer in der erhobenen Faust. Die Rinder jagten nun in verschiedene Richtungen auseinander. Spotted Hawk raste auf seinem schäumenden Rappen einem großen gefleckten Stier nach. Mit scharfen kurzen Schreien trieb er das Pferd an, bis es auf gleicher Höhe mit dem Stier war. Seine linke Hand ließ nun den Zügel los. Im nächsten Moment schnellte Spotted Hawk vom nackten Rücken des Rappen und warf sich auf den Stier, der zur Seite ausweichen wollte. Aber Spotted Hawk krallte sich wie eine Raubkatze auf dem Rücken des Stieres fest und stieß ihm mit einem gellenden Schrei das Messer bis ans Heft in den Nacken. Der Stier überschlug sich mitten im Lauf. Spotted Hawk wurde von seinem Rücken geschleudert. Er landete fast zehn Schritte entfernt auf seinen Beinen. Eine dichte Staubwolke hob sich dort, wo der Stier versuchte aufzustehen. Die anderen Kiowas warfen sich wie Wölfe auf ihn und töteten ihn mit ihren Messern.

Auch die anderen beiden Rinder wurden auf die gleiche Art erlegt. Als sich der Staub legte, lief Spotted Hawk auf den Kadaver des gefleckten Tieres zu und schlitzte ihm den Leib auf. Sekunden später sprang er auf und hielt triumphierend einen blutigen Klumpen hoch.

»Verdammt, er hat dem Stier das Herz aus dem Leib gerissen«, entfuhr es Shorty.

»Das Herz ist der Spender der Kraft«, sagte Billy. »Er wird das Herz essen.«

In der Senke entfernte sich Spotted Hawk langsam vom aufgeschlitzten Kadaver des Stieres. Er kam auf das Lager der Texas-Mannschaft zu und blieb in einiger Entfernung plötzlich stehen.

»Kane!« rief er mit kehliger Stimme. »Iß dieses Herz, damit es dich stark macht!« Er holte aus und schleuderte den blutigen Klumpen weit von sich. Er landete wenige Schritte vom Platz entfernt, wo Chris am Boden kauerte, im dürren Büffelgras. Spotted Hawk blieb noch einen Moment stehen, dann drehte er sich um un ging zu seinem Rappen. Ohne sich um die anderen zu kümmern, die um die erlegten Tiere herumtanzten, sprang er auf den Rücken des Pferdes und galoppierte aus der Senke in die Finsternis hinaus.

G. P., der dem grauenhaften Gemetzel mit angehaltenem Atem zugesehen hatte, taumelte plötzlich hoch, ging zwischen die Büsche und übergab sich.

Die Cowboys sahen mit steinernen Gesichtern zu, wie die Kiowas, auch die Frauen und Kinder, über die getöteten Tiere herfielen und sie buchstäblich in Stücke rissen.

Chris Kane hatte sich erhoben. Einige Schritte von ihm entfernt lag das blutende Herz am Boden. Chris spürte die Blicke der anderen auf sich. Wortlos ging er hin, spießte das Herz mit einem Messer auf und warf es in das Feuer.

Silas Reed näherte sich ihm.

»Du weißt, daß er dir dieses Mädchen wieder wegnehmen will, nicht?«

Chris blickte den Scout von der Seite an.

»Wenn er es versucht, werde ich ihn töten«, sagte er hart.

Sergeant McLean hörte es und sprang auf.

»Verdammt, warum läßt du das Mädchen nicht laufen, Kane? Es wird uns nur behindern!«

»Das Mädchen kommt mit uns«, sagte Chris. Ohne ein weiteres Wort zu verlieren, ging er zu dem Mädchen zurück und kauerte wieder bei ihm nieder.

*

Eine Stunde später kamen Shorty und Waco von der Herde zurück. Sorty meldete, daß die Rinder fast zwei Meilen weit in nördlicher Richtung weitergezogen waren, obwohl das Gras spärlicher wurde, je weiter man sich vom Flußtal entfernte.

In der Senke feierten die Kiowas. Die großen Feuer brannten lichterloh. Noch immer wurde die Trommel geschlagen. Erst lange nach Mitternacht wurde es stiller.

Jetzt erhob sich Billy und entspannte seine Winchester. »Es ist vorbei«, sagte er gähnend. »Sie haben genug für heute.«

»Und morgen?«

Billy hob die Schultern. »Wer weiß, was ihnen morgen einfällt.«

Die Männer ließen ihre Pferde gesattelt, nahmen nur noch ihre Deckenrollen herunter und legten sie um das kleine Feuer.

Sie schliefen nicht gut in dieser Nacht. G. P. machte überhaupt kein Auge zu, und als Billy in den frühen Morgenstunden die Herdenwache übernahm, schälte sich der junge Rekrut aus den Decken und folgte Billy zu den Pferden.

»Ich dachte, du schläfst, G. P.«, sagte Billy überrascht.

»Ich kann nicht. Dort drüben sind immer noch welche am Hinunterschlingen.« G. P. zeigte in die Senke hinein, wo ein paar dunkle Gestalten herumkrochen.

Billy lächelte. »Es wird seit langer Zeit das erste Mal sein, daß sie sich die Bäuche vollschlagen können, G. P., leg dich lang und denk nicht mehr darüber nach. Der einzige, der sich wirklich Gedanken machen sollte, ist Chris. Er hat seit heute einen Todfeind.«

Auch Chris konnte lange nicht einschlafen, obwohl er todmüde war. So bemerkte er, wie sich das Mädchen plötzlich bewegte. Es richtete sich etwas auf, und als sich niemand rührte, wollte es davonkriechen.

»Bleib hier«, flüsterte Chris.

Das Mädchen zuckte zusammen und verharrte regungslos auf allen vieren.

Chris setzte sich auf. Das Feuer war nahezu ausgegangen. Nur hin und wieder züngelten Flammen aus dem Glutnest empor.

Chris nahm seine Wasserflasche und hielt sie dem Mädchen hin.

»Hier, trink!« forderte er es leise auf.

Das Mädchen ließ sich langsam wieder nieder und rollte sich am Boden zusammen. Da schob ihm Chris die Flasche zu. Das Mädchen rührte sich nicht mehr. Eine halbe Stunde lang saß Chris regungslos da und beobachtete das Mädchen. Schließlich legte er sich hin, und obwohl er sich dagegen wehrte, fielen ihm die Augen zu, und er schlief ein.

*

Obwohl er kaum eine Stunde geschlafen hatte, wachte er auf, als einige Schritte entfernt Waco seine Stiefel anzog und sich leise erhob. Es war Zeit, Shorty bei der Herdenwache abzulösen, und eigentlich war nun Chris an der

Reihe. Als er sich aufsetzte, gab ihm Waco mit der Hand ein Zeichen.

»Ich mach das schon, Chris«, flüsterte ihm der Cowboy zu. »In einer Stunde wird es ohnehin hell.«

Chris legte sich hin, aber er schlief nicht wieder ein.

Als der Tag graute, waren sie alle wach, ohne daß sie jemand geweckt hätte. Waco, der die letzte Wache hatte, saß in einiger Entfernung vom Lager regungslos auf seinem Pferd. Weit nach Norden auseinandergezogen und in der Flußniederung verstreut grasten die Rinder.

Es war kühl, und die Männer zogen dicke Jacken an, nachdem sie aus der Wärme der Deckenrollen gekrochen waren.

Waco kam herübergeritten. Er hatte den Kragen seiner Lammfelljacke hochgeschlagen und trug Handschuhe. In seinem Mundwinkel klebte ein glühender Zigarettenstummel. Er deutete mit einer Kopfbewegung in die Richtung, wo das Mädchen am Boden gelegen hatte. Es lag nun nicht mehr dort. In die Decke gehüllt kauerte es klein und frierend einige Schritte entfernt. Seine blauen Augen beobachteten mißtrauisch jede Kleinigkeit, die im Lager vorging.

Chris stand auf. Ohne es äußerlich zu zeigen, freute er sich, daß das Mädchen nicht weggelaufen war, während er geschlafen hatte.

Big Jack Kane hatte seinen dicken Fellmantel angezogen und kämpfte sich krächzend am Krückstock auf sein gesundes Bein. Er warf seinem Sohn einen Blick zu, murrte etwas, was niemand verstehen konnte, und ging in die Büsche.

Waco spuckte den Zigarettenstummel ins Feuer.

»Alles ruhig«, sagte er mit krächzener Stimme. »Wenn diese vollgefressenen Rothäute aufwachen, sind wir schon einige Meilen im Norden.«

»Und was machen wir mit dem Mädchen?« fragte Sergeant McLean sofort.

Chris hob den Kopf. »Ich nehme das Mädchen zu mir aufs Pferd«, sagte er.

Shorty, der mit einem Ast im Feuer herumstocherte, verzog sein Gesicht. »Schätze, das ist nicht so einfach, wie du es dir vorstellst. Junge, weißt du denn überhaupt, ob sie mit uns kommen will oder nicht?«

»Sie redet nicht«, sagte Sergeant McLean. »Aus der bringt keiner ein Wort heraus.«

»Stumm ist sie bestimmt nicht«, sagte Shorty und nahm die verbeulte Kanne vom Feuer, um sich Kaffee in eine Blechtasse zu gießen.

»Sie versteht vielleicht kein Englisch«, sagte Silas Reed, der Kundschafter.

»Ihr braucht euch keine Gedanken um das Mädchen zu machen«, sagte Chris. »Das ist meine Angelegenheit.«

Sein Vater, der die letzten Worte gehört hatte, runzelte die Stirn. »Chris, das Mädchen geht uns alle etwas an. Wir treiben eine Herde nach Norden, falls du das vergessen hast. Ich weiß nicht, ob du es dir leisten kannst, auf dem Weg zur Agentur Kindermädchen zu spielen.«

»Soll ich das Mädchen etwa zurücklassen?« gab Chris seinem Vater zur Antwort. Er nahm sein Pferd bei den Zügeln und führte es zu dem Mädchen. Die Blicke der Männer folgten ihm. Chris blieb vor dem Mädchen stehen. Das Mädchen senkte den Kopf.

»Wir reiten jetzt weiter«, sagte Chris rauh. »Steh auf!«

Er streckte die Hand aus. Das Mädchen hob nicht einmal den Kopf.

»Verstehst du nicht, was ich sage?« sagte Chris etwas leiser, aber nicht weniger eindringlich. »Schau nur, wie sie uns alle anstarren. Sie wollen wissen, ob ich mit dir fertig werde oder nicht. Das ist wichtig, verstehst du? Wenn ich nämlich nicht mit dir fertig werde, wird mich mein Vater zwingen, dich zurückzuschicken.«

Das Mädchen hob jetzt den Kopf und schaute ihn an. Nichts in seinem schmalen Gesicht zeigte Chris jedoch, daß es seine Worte verstanden hätte. Chris warf einen Blick über die Schulter zurück. Da standen sie alle bei seinem Vater und starrten voller Neugier herüber.

Sein Vater richtete sich jäh auf. »Also, vorwärts, Leute, packt eure Sachen zusammen.«

Die Männer rührten sich nicht vom Fleck.

Chris kauerte bei dem Mädchen nieder.

»Wenn ich dich zurücklassen muß, wird dich Spotted Hawk finden«, sagte er leise. »Willst du etwa bei den Kiowas bleiben?«

»Ich habe gesagt, daß wir das Lager räumen«, sagte Big Jack Kane. »Wir brechen bei Sonnenaufgang auf!«

Jetzt begannen die Cowboys widerstrebend damit, die Betten aufzurollen.

»Steh auf!« sagte Chris leise zu dem Mädchen. »Wir können nicht hierbleiben.«

Das Mädchen blieb still sitzen. Da kam Billy herüber. »Soll ich's mal versuchen?« Er beugte sich zu dem Mädchen hinunter und sagte ein paar Worte und benutzte gleichzeitig die Zeichensprache, aber auch er hatte keinen Erfolg. Mit einem Schulterzucken gab er es schließlich auf.

Big Jack Kane saß nun zum Abritt bereit auf seinem Pferd. Auch die anderen stiegen auf.

»Chris!«

»Ja, Vater?«

»Wir reiten jetzt!« Ohne eine Antwort seines Sohnes abzuwarten, ritt er den anderen voran davon. Als sie nicht mehr zu sehen waren, streckte Chris die Hand aus und berührte sachte die Hand des Mädchens, mit der es die Decke vor der Brust zusammenhielt.

»Wie heißt du?« fragte er leise.

Das Mädchen öffnete die Lippen, als wollte es etwas sagen, aber bevor es auch nur einen Laut von sich geben konnte, schloß es den Mund.

»Mein Name ist Chris Kane«, sagte Chris sanft, und dabei ergriff er behutsam die Hand des Mädchens. »Fürchte dich nicht. Der große Mann, der nur ein Bein hat, ist mein Vater, Big Jack Kane. Wir nehmen dich mit zur Darlington-Agentur, und ich werde dich beschützen.«

Langsam stand Chris auf, und zu seiner Überraschung erhob sich das Mädchen mit ihm. Er zog sein Pferd heran und schwang sich in den Sattel. Als er sich niederbeugte, um dem Mädchen die Hand zu geben, drehte es sich schnell um und ergriff die Flucht. Es rannte ein Stück weit, aber dann strauchelte es und fiel hin. Chris ritt zu ihm, sprang aus dem Sattel und packte das Mädchen.

»Versuch das lieber nicht mehr«, sagte er. »Wenn das die anderen gesehen hätten, wäre ich ganz schön blamiert.« Er zog das Mädchen auf die Beine und setzte es hinter dem Sattel aufs Pferd. Dann erst stieg er selbst auf.

»Halt dich an mir fest«, befahl er dem Mädchen. Das Mädchen gehorchte zwar nicht, aber Chris ritt trotzdem langsam an. Nach einiger Zeit holte er die Herde ein. Waco ritt am Schluß. Als er Chris und das Mädchen bemerkte, zog er sich das Halstuch vom Gesicht, mit dem er sich gegen den Staub schützte, und grinste von einem Ohr zum andern.

*

Als die Sonne aufging und der Himmel strichweise in ein Flammenmeer verwandelte, hatten sie schon mehr als drei Meilen zurückgelegt.

Vor ihnen breitete sich eine zerfurchte Einöde aus, die scheinbar rund vom Himmel begrenzt wurde. Die Tuscanora-Hügel befanden sich unsichtbar in der flirrenden Leere, die Himmel und Erde voneinander trennte.

Langsam trotteten die Rinder nordwärts. Big Jack Kane führte den Leitbullen, ein mächtiges, altes Tier, das seine Pflicht und Schuldigkeit getan hatte und ebenfalls in einem Suppentopf landen würde.

Shorty trieb die Ersatzpferde gesondert, etwas vor der Herde her, während Waco und Jeff sich als Schleppreiter ablösten, damit nicht einer allein den ganzen Tag Staub schlucken mußte.

Sergeant McLean, G. P. und der Kundschafter Silas Reed ritten der Herde weit voran. Billy ritt mal da, mal dort und tauchte mit seinem Pferd immer im rechten Moment dort auf, wo einzelne Rinder ausbrachen und von der Herde wegzulaufen versuchten. Sein Gebrüll, mit dem er die störrischen Rinder in die Herde zurückjagte, war weit herum zu hören.

Die Sonne stand schon sehr hoch, und die Hitze war beinahe unerträglich, als der Comanche zum ersten Mal den einzelnen Reiter bemerkte, der mehrere Meilen zurück plötzlich im Staubnebel auftauchte. Billy sah zwar den Reiter nur einige Sekunden lang, aber er wußte trotzdem sofort Bescheid.

Den ganzen Morgen sagte Billy zu niemandem ein Wort. Imer wieder blickte er zurück und hielt nach den Kiowas Ausschau, aber Yellow Bear schien nicht daran zu denken, der Herde zu folgen.

Kurz bevor die Sonne den höchsten Punkt ihrer Bahn erreichte, erspähte Billy den einzelnen Reiter zum zweiten Mal. Jetzt befand er sich rechts von der Herde, jenseits eines tief ausgewaschenen Bachbettes auf einem zerfurchten Hügelrücken, und bevor Billy mit der Hand seine Augen beschatten konnte, um ihn besser zu sehen, war er auch schon wieder verschwunden.

Später am Nachmittag traf Billy mit Jeff Freeman zusammen.

»Die Kiowas folgen uns nicht«, sagte der große Schwarze zu Billy. »Oder glaubs du, daß sie uns in der Nacht überholen und uns morgen früh überfallen, Billy?«

»Das glaube ich nicht«, gab Billy kurz zurück.

»Und was ist mit dem einzelnen Reiter?« fragte Jefferson Freeman.

Billy hob überrascht die Brauen.

»Du hast ihn auch gesehen?«

»Zweimal. Wenn das bedeutet, was ich glaube, müßte Chris eigentlich schon die ganze Zeit der Skalp jucken.«

»Es ist Spotted Hawk«, nickte Billy. »Er will das Mädhen zurückholen.«

»Ich glaube nicht, daß Chris mit sich reden läßt«, sagte Jefferson Freeman.

Billy spuckte in den Staub, der wie Nebel in der Luft hing.

»Dann wird einer von uns Spotted Hawk davon überzeugen müssen, daß es sich nicht lohnt, hinter uns herzureiten.«

»Willst du das übernehmen, Billy?«

Der Comanche wiegte nachdenklich den Kopf.

»Spotted Hawk ist keiner, den man sich zum Feind machen sollte, Jeff.«

»Dann kümmere ich mich um ihn«, sagte Jeff Freeman entschlossen.

KAPITEL 6

Wanowah

Chris spürte, wie der Kopf des Mädchens gegen seinen Rücken schlug. Wenig später verlor es das Gleichgewicht. Bevor sich Chris umdrehen und nach ihm greifen konnte, fiel es vom Pferd.

Chris hielt sofort an und sprang aus dem Sattel. Da er sich ziemlich weit von der Herde entfernt hatte, um mit dem Mädchen dem Staub zu entgehen, bemerkte ihn nur Silas Reed. Der Scout kam von einem Erkundigungsritt zurück und zügelte sein Pferd, als er Chris bei dem Mädchen am Boden knien sah.

»Sie hat nicht mehr viel Kraft«, sagte der Kundschafterr ruhig. »Die meisten Cheyenne sind todkrank, seit sie im Reservat sind. Ich glaube, daß sie sterben wird.«

»Sie hat kein Fieber«, sagte Chris. »Sie ist nur sehr schwach.«

»Gib ihr zu essen.«

»Das habe ich versucht, aber sie will nicht essen. Sie will nicht einmal trinken.«

»Weißt du, was sie will?«

Chris nickte. »Ich glaube, sie will sterben.«

»Und das willst du nicht zulassen, nicht wahr?«

»Nein!«

»Deinem Vater gefällt das nicht!«

»Er ist ein Rancher und hat drei Rinder für dieses Mädchen hergeben müssen. Alles, was ihn interessiert, ist seine Herde, die er durchbringen will.«

Silas Reed lächelte. »Das ist seine Pflicht«, sagte er. »Auf ein krankes Cheyenne-Mädchen kann er dabei keine Rücksicht nehmen.«

»Ich kümmere mich um das Mädchen«, sagte Chris.

»Warum tust du das? Die Herde ist wichtiger.«

»Das verstehst du nicht.«

»Vielleicht hast du recht.« Silas Reed hob die Schultern. »Es ist nur ein Indianermädchen. Für die anderen zählt das etwa soviel wie ein Hund.«

»Das glaube ich nicht.«

»Warum nicht? Weil das Mädchen blaue Augen hat? Ist das vielleicht der Unterschied zwischen ihm und all den anderen Cheyenne, die vor Hunger sterben?«

»Du hast selbst gesagt, daß es ein Mädchen der Cheyenne ist. Trotz der blauen Augen.«

»Aber es könnte weiß sein. Schau es dir an. Es sieht nicht aus wie ein Cheyenne-Mädchen.«

»Ich weiß nicht, wer das Mädchen ist. Es hat kein Wort geredet. Es hat nicht einmal seinen Namen gesagt.«

Silas Reed zeigte in die Ferne, wo schwach in der flirrenden Luft ein ausgedehnter Hügelzug zu erkennen war. »Dort auf den Hügeln gibt es Bäume, die sich dazu eignen, ein Travoi zu bauen. Du weißt, was ein Travoi ist?«

»Ja. Zwei lange Stangen, die an einem Pferd festgemacht werden. Und auf den Stangen kann man seinen Plunder transportieren oder auch alte und kranke Leute. Die Indianer tun es.«

»Dann weißt du auch, daß es nur wenige Pferde gibt, die einen Travoi ziehen können, ohne dabei verrückt zu werden?«

Chris nickte.

»Habt ihr ein solches Tier in eurer Pferdeherde?«

»Nein. Es sind alles Rinderpferde. Sie würden kein Travoi ziehen.«

Silas Reed beugte sich vor und strich seinem Pferd mit der flachen Hand über den Hals.

»Mein Pferd ist ein Pferd, das ein Travoi ziehen kann«, sagte er. »Du bleibst hier bei dem Mädchen, und ich reite noch einmal in das Tal des Red River, und später komme ich mit einem Travoi hierher.«

»Und warum willst du das tun?«

»Wir können dieses Mädchen nicht einfach sterben lassen, nicht?« lächelte Silas Reed.

Chris kniff die Augen mißtrauisch zusammen. »Nein, das können wir nicht«, sagte er vorsichtig.

»Dann frag es nach seinem Namen, wenn es erwacht. Wenn es Vertrauen zu dir faßt, wird es ihm leichterfallen, am Leben zu bleiben.«

Mit diesen Worten zog der Kundschafter sein Pferd herum und galoppierte davon.

*

Das Mädchen wachte auf. Als es Chris bemerkte, wollte es sich sofort erheben, aber dazu fehlte ihm die Kraft.

Chris beugte sich vor. »Du bist vom Pferd gefallen«, sagte er. »Wenn du willst, helfe ich dir, damit du dich aufsetzen kannst.«

Er streckte seine Hand aus, aber das Mädchen machte

sich sofort klein und bedeckte seinen Kopf mit beiden Armen. Da verlor Chris die Geduld. Er packte das Mädchen und zog es hoch. Sofort versuchte sich das Mädchen zu wehren, aber die wenigen Kräfte, die es noch besaß, ließen schnell nach. Nach kurzer Zeit saß es erschöpft und heftig nach Atem ringend am Boden, und es mußte sich gegen ihn lehnen, damit es nicht hinfiel.

»Du bist störrisch wie das Maultier von Sergeant McLean«, sagte Chris, während er eine Kratzwunde an seinem linken Handgelenk begutachtete. »An deiner Stelle würde ich mit den Kräften vorsichtig umgehen. Du bist schwach und krank, und ich will nicht, daß du stirbst, hörst du? Wir haben nämlich für dich drei gute Rinder hergegeben, und wenn du stirbst, wäre es ein schlechtes Geschäft für meinen Vater, der sowieso nicht verstehen kann, daß er sich zu diesem Handel überreden ließ.«

Das Mädchen legte den Kopf gegen seine Schulter.

»Sag mir deinen Namen«, sagte Chris eindringlich. »Sag mir, wer du bist. Ich würde gern deinen Namen erfahren. Jeder Mensch hat einen Namen. Oder soll ich dir vielleicht einen Namen geben?« Chris lachte auf. »Also, wenn du mir deinen Namen heute nicht sagst, werde ich dich morgen wieder fragen. Und übermorgen auch. Wir haben viel Zeit, verstehst du? Es sind noch mehr als fünf Tage bis zur Darlington-Agentur.«

Als die Worte Darlington-Agentur fielen, zitterte der dünne Körper des Mädchens wie im Krampf.

»Ich war dort«, fuhr Chris schnell fort. »Ich habe Little Wolf gesehen und Dull Knife. Sie waren unterwegs zur Agentur. Kennst du John Miles, den die Cheyenne White Head nennen?«

Jetzt hob das Mädchen den Kopf. Seine Lippen bewegten sich, formten Laute, die plötzlich hörbar wurden.

»Wa-no-wah«, flüsterte das Mädchen.

Chris war wie vom Donner gerührt. Sekundenlang starrte er das Mädchen mit ungläubigen Augen an. Dann sprach er leise die Laute nach, die er eben aus dem Mund des Mädchens erfahren hatte.

»Wa-no-wah«, sagte er leise, und er merkte, wie ihm beim Klang dieser Laute das Herz in der Brust zerspringen wollte. »Wanowah!« stieß er freudig hervor. »Wanowah, das ist dein Name.« Er stand auf und blickte in das weite Land hinaus. Aber es war niemand in der Nähe, dem er hätte seine Freude zujubeln können. Nicht einmal Silas Reed war noch zu sehen. Chris drehte sich um. Er hätte Wanowah umarmen können vor Freude.

»Du heißt Wanowah«, rief er ihr zu. »Das ist dein Name!« Er wollte zu ihr gehen, aber da sah er seinen Vater über einer Bodenwelle auftauchen. Chris merkte, wie seine Freude jäh verflog. Ernst blickte er seinem Vater entgegen, der von der Spitze der Herde zurückgeritten kam, um nach dem Verbleib seines Sohnes zu sehen.

»Shorty sagte mir, daß irgend etwas passiert ist«, sagte er und zügelte seinen Hengst. »Was ist los?«

»Wanowah ist vom Pferd gefallen«, sagte Chris.

Auf der Stirn des Ranchers bildeten sich zwei steile Falten, die Chris schon so vertraut waren, daß er allein an ihnen seinen Vater unter tausend Männern hatte erkennen können.

»Wanowah?« fragte er argwöhnisch. »Chris, seit das Mädchen bei uns ist, tun andere deine Arbeit! Du wirst verstehen, wenn ich dir sage, daß ich das nicht gern sehe.

Jeder von uns hat auf diesem Trail eine ganz bestimmte Aufgabe. Es ist unmöglich, daß du deine Shorty oder Waco überläßt, während du dich um dieses Mädchen kümmerst.«

»Dieses Mädchen, Vater, würde ohne unsere Hilfe sterben«, sagte Chris ruhig. »Gewiß verlangst du nicht von mir, daß ich es seinem Schicksal überlasse wie ein Rind, das sich ein Bein vertreten hat.«

Die Stirn des Ranchers glättete sich etwas.

»Natürlich nicht«, sagte er. »Aber ich kann auch nicht die ganze Herde aufhalten, weil du mit dem Mädchen nicht weiterkommst, Chris.«

»Silas Reed ist zu den Hügeln dort drüben geritten, um Travoistangen zu schneiden.«

»Chris, glaubst du nicht, daß das Mädchen bei den Kiowas besser aufgehoben wäre als bei uns? Die Frauen könnten es pflegen.«

»Bei den Kiowas ist Wanowah eine Gefangene. Bei uns ist sie frei!«

»Hat sie dir ihren Namen gesagt, Chris?«

Chris nickte nur.

»Du wirst dir schwere Vorwürfe machen, wenn ihr etwas passiert, mein Sohn«, sagte Big Jack Kane nach kurzem Zögern. »Siehst du denn nicht, wie krank sie wirklich ist. Sie ist halb verhungert, und was immer du ihr bis jetzt zu essen gegeben hast, hat sie sofort wieder erbrochen. Es könnte gut sein, daß sie Cholera hat oder Typhus.«

»Dann wäre sie bei den Kiowas auch nicht besser aufgehoben. Sie braucht einen Arzt, und der nächste Arzt ist der Militärarzt in Fort Reno.«

»Chris, du hast mir vor ein paar Tagen selbst gesagt, daß

im Reservat die kranken Indianer sterben wie die Fliegen!«

»Willst du damit vielleicht sagen, daß der Militärarzt in Fort Reno nicht bereit sein wird, seine Pflicht zu tun?«

»Warum sollte er für dieses Mädchen mehr tun können als für die anderen Cheyenne?«

»Weil . . . weil ich ihn dazu zwingen werde«, stieß Chris hervor. »Notfalls mit dem da!« Chris klopfte mit der flachen Hand gegen das Holster, in dem sein Colt steckte. Für einen Moment sah es aus, als ob Big Jack Kane lächelte, aber dann war sein Gesicht sofort wieder ernst. Er blickte zuerst Wanowah an, dann seinen Sohn.

»Gut«, sagte er schließlich, »sobald Silas Reed zurück ist, kommt ihr uns nach. Sei vorsichtig, Chris. Es könnte gut sein, daß die Kiowas es noch nicht aufgegeben haben.«

Ohne eine Antwort seines Sohnes abzuwarten, wendete Big Jack Kane sein Pferd und ritt der Herde nach, von der im Norden nur noch Staub zu sehen war.

Chris mußte fast zwei Stunden lang warten, bis Silas Reed zurückkehrte. Der Kundschafter hatte aus zwei langen krummen Ästen und einem Geflecht aus Weidenzweigen eine Tragschleppe hergestellt, die nicht gerade Vertrauen erweckte. Sie breiteten eine der Decken, die zur Bettrolle von Chris gehörte, auf dem Traggeflecht aus. Als sie Wanowah vom Boden aufhoben, war sie nicht bei Bewußtsein.

*

Am Abend lagerten sie in einer weiten Niederung, die den Texas-Cowboys als »Dead Horse Camp« bekannt war. Im

Westen, vom Lager aus nicht sichtbar, wand sich das flache Bett des Red Rivers durch das Land. Im Osten stieg die Niederung zu einer ausgedehnten Ebene an, und im Norden hoben sich die Hügelketten der Tuscanora-Hügel dunkel in den Abendhimmel, an dem schon die ersten Sterne glitzerten.

Obwohl sie noch mehr als ein Dutzend Meilen entfernt waren, schienen die Berge jetzt sehr nahe, denn die Luft war klar.

Silas Reed und Billy ritten bis zum höchsten Punkt auf der ersten Hügelkette, obwohl die Herde diese erst im Laufe des nächsten Tages passieren würde. Von dort oben aus hatten sie einen weiten Überblick nach allen Richtungen. Weit entfernt, im Dämmerlicht des Abends, weideten die Rinder. Sie sahen aus wie winzige Käfer, die sich kaum vom Fleck bewegten. Rund um die Niederung herum breitete sich das weite Land aus, leer und tot, als wäre es ein Stück von einem Planeten, auf dem es kein Leben gab. Nur wer gute Augen hatte, konnte die Spuren von Mensch und Tier erkennen; dünne, kaum sichtbare Linien, die vom Red River her zu den Hügeln verliefen. Das waren die alten Wildpfade, die hin und wieder auch von den Indianern auf ihrem Weg zur Jagd in den Hügelwäldern benutzt worden waren, bevor man sie in die Reservate gesperrt hatte. Auch hinter der ersten Hügelkette, in einem kleinen Tal, in dem die ersten Bäume wuchsen, gab es keine Anzeichen dafür, daß sich irgendwo Menschen aufhielten. Auch von Spotted Hawk war nichts zu sehen. So ritten Billy und Silas Reed nach Einbruch der Dunkelheit zur Herde zurück.

Sergeant McLean und G. P. hatten unterdessen ein kleines Feuer entfacht. Alles machte den Anschein, als ob es eine ruhige Nacht werden würde.

Die Männer legten sich früh schlafen. Shorty übernahm die erste Wache und umritt leise singend die Herde. Am Himmel glitzerten und funkelten Myriaden von Sternen, und als der Mond aufging, wurde die Nacht so hell, daß Shorty die ganze Niederung gut überblicken konnte. Alles schien in Ordnung. Shorty rauchte eine Zigarette. Irgendwann wachte Silas Reed auf und entfernte sich vom Lager. Shorty sah ihn zwischen den Büschen verschwinden. Nach fast einer halben Stunde tauchte er wieder auf. Er kam auf Shorty zu und blieb vor dem Pferd stehen.

»Alles okay, Cowboy?« fragte er.

»Alles ruhig«, sagte Shorty. »Was soll denn sein? Die Kiowas sind bestimmt alle nach Hause geritten, um von ihrer Heldentat...«

»Alle, außer einem«, sagte Silas Reed. Er drehte sich um und ging zu seinem Lager zurück. Shorty sah ihm nach, und irgendwie war ihm, als hätte ihn der Scout mit seinen Worten gewarnt. Er ritt zu der Anhöhe hoch und zügelte sein Pferd. Lange blickte er nach Süden, aber er konnte nichts entdecken, keinen Menschen und kein Tier.

Eine Stunde später ritt Shorty zum Lager und weckte Jefferson Freeman.

»Alles okay?« fragte Jeff gähnend.

»Reed war eine Weile im Gestrüpp unterwegs«, sagte Shorty.

»Reed? Was war der Grund?« Jeff zog seine Lammfelljacke an.

»Keine Ahnung. Trotzdem würde ich an deiner Stelle die Ohren steif halten, Amigo. Vielleicht ist dieser Spotted Hawk hinter dem Mädchen her.«

Shorty überließ Jefferson Freeman sein Pferd, und der Schwarze schwang sich in den Sattel.

»Hast du etwas Tabak, Shorty?« fragte er den kleinen Cowboy.

Shorty gab ihm den Beutel. Jeff bedankte sich und ritt davon. Shorty trank noch eine Tasse schwarzen Kaffee und legte sich dann aufs Ohr. Von seinem Platz aus konnte er Chris sehen, der in der Nähe des Mädchens in seinen Decken lag. Das Mädchen schlief nicht. Es hatte die Augen geöffnet, und plötzlich setzte es sich auf, so als wäre es durch ein Geräusch aufgeschreckt worden.

Shorty dachte daran, Chris zu wecken, aber nachdem er eine Weile gewartet hatte, ohne daß etwas geschah, legte er den Hut über sein Gesicht. Einige Minuten später war Shorty eingeschlafen, und er hörte den leisen Ruf des Käuzchens nicht, der von einem Graben herkam, wo dichtes Buschwerk wuchs.

*

Zu Beginn seiner Wache war Jefferson Freeman aufmerksam wie schon lange nicht mehr. Kein Geräusch entging ihm, keine Bewegung, nicht einmal das Erzittern eines dürren Astes in einem kleinen Gestrüpp, als sich dort eine Packratte in ihrem Nest bewegte, blieb seinen scharfen Augen verborgen. Falls Spotted Hawk es in diesen frühen Morgenstunden darauf abgesehen hatte, das Mädchen zu entführen, mußte er höllisch aufpassen, alles richtig zu machen. Jefferson Freeman war bereit, dem Kiowa-Krieger mit dem Brandmal einen heißen Empfang zu bereiten, und zwar mit seinem Winchestergewehr, das er die ganze Zeit quer vor sich über dem Sattel liegen hatte.

Es geschah jedoch nichts. Ein Käuzchen rief einige Male, und zuerst dachte Jefferson Freeman, daß dieses Käuzchen vielleicht gar keines war, sondern ein gefleckter Falke, der keine Flügel hatte und sich deshalb auf leisen Sohlen an das Lager heranschlich. Aber dann verließ die Packratte ihr Nest im Gestrüpp, und sobald sie im offenen Gelände gut sichtbar war, schoß das Käuzchen auf die Packratte nieder und schlug ihr ihre Krallen ins Fell. Einige Sekunden lang zappelte die Packratte, konnte sich aber nicht aus den Krallen befreien. Das Käuzchen flatterte hoch, und der Todesschrei der Packratte hallte schrill durch die Nacht, als sie vom Käuzchen weggetragen wurde.

Jefferson Freeman war erleichtert. Das Käuzchen rief nun nicht mehr. Die Nacht war wieder still. Jeff ritt langsam durch die Herde der grasenden Rinder. Einige lagen wiederkäuend am Boden. Andere schliefen. Alles war friedlich. Es drohte keine Gefahr.

Allmählich ließ Jeffs Wachsamkeit nach. Er saß nun schon mehr als eine Stunde im Sattel, als er, einem dringenden Bedürfnis nachgebend, vom Pferd stieg.

Er schob sein Gewehr in den Sattelschuh, nahm die Zügel in die linke Hand, blickte zum Lager hinüber, wo alle schliefen, und ging zwischen die Büsche.

Es war alles ruhig. Jeff hörte nichts als seinen eigenen Pulsschlag und den Atem des Pferdes. Dann blökte eines der Rinder auf der anderen Seite der Senke, dort, wo sich die zerfallenen Ruinen einiger alter Büffeljägerhütten schwarz gegen den Sternenhimmel abzeichneten.

Jeff verrichtete sein Geschäft, knöpfte die Hose zu und führte sein Pferd gemächlich aus den Büschen. Dabei bemerkte er, daß sich beim Lager jemand aufgesetzt hatte. Den Umrissen der schmalen Gestalt nach konnte es nur das Mädchen sein.

Wanowah hieß es, hatte ihnen Chris am Abend etwas verschämt verraten. Billy kannte das Wort. Es stammte aus der Sprache der Cheyenne, und es wurde als Bezeichnung des weißen Salbeis verwendet, bedeutete aber auch die spirituelle Kraft, die aus dieser Pflanze gewonnen werden konnte.

Kein schlechter Name für ein Mädchen, das von einer unglaublichen inneren Kraft zehren mußte, um überhaupt am Leben zu bleiben. Jeff fragte sich, was das Mädchen davon abhielt, einfach aufzugeben. So viele Indianer taten es überall in den Reservaten. Nicht nur der Hunger und die Krankheiten waren es, die sie dahinrafften wie die Fliegen. Die Hoffnungslosigkeit zerstörte ihre Kraft und den Willen weiterzuleben. Der Verlust ihrer Würde.

Ob Spotted Hawk dieses kümmerliche Häufchen Elend wirklich zurückhaben wollte? Kaum, dachte Jeff. Wahrscheinlich hatte er sein Vorhaben längst aufgegeben.

Jeff blickte sich um. Der Ruf des Käuzchens durchbrach die Stille. Es kam vom Lager her, wo das Mädchen regungslos im Dunkeln saß. Jeff wäre vielleicht vom Ruf des Käuzchens alarmiert worden, hätte er nicht mit eigenen Augen gesehen, daß diese Niederung tatsächlich zum Jagdgebiet eines Käuzchens gehörte. Und wo es eines gab, gab es bestimmt auch ein zweites. Einen Moment nur lauschte er dem Ruf nach, dann schwang er sich auf sein Pferd, nahm Shortys Tabakbeutel aus der Brusttasche seines Hemdes und begann sich eine Zigarette zu drehen.

*

Spotted Hawk entkleidete sich bis auf den Lendenschurz und seine Mokassins. Das Gewehr und seinen Revolver hatte er zu diesem Raubzug, den er allein machen wollte, nicht mitgenommen. Er war einer der Mutigsten im Stamm der Kiowas, und er gehörte zu jenen, die sich von den Stammesführern abgewandt hatten, weil diese dem Großen Weißen Vater so untertänig gehorchten, als wären sie feige Hunde. Nur der alte Yellow Bear, dessen Söhne im Kampf mit Soldaten und mit feindlichen Indianerstämmen gefallen waren, wollte nicht wahrhaben, daß die alten Zeiten endgültig vorbei sein sollten und den Kiowas nichts anderes übrigblieb, als auch in ein Reservat zu ziehen und dort elend zu Grunde zu gehen.

In dieser Nacht war Spotted Hawk bereit, entweder wie ein Krieger zu sterben oder den Weißen das Mädchen zu stehlen, das er für sich haben wollte, falls es eines Tages gesund werden würde und an Gewicht zunahm. Jetzt war das Mädchen zwar mager und schmutzig, aber es hatte ein feines schmales Gesicht und Augen, die so klar waren wie eine stille Quelle in den Washita-Bergen oder ein Stück des blauen Himmels in einer Wolkenlücke nach einem Gewitter.

Spotted Hawk hatte seine Bemalung im Gesicht und am Körper nicht abgewaschen, und das Blut des Rindes, das er »erlegt« hatte, klebte noch an seiner Haut. Aber das war nur zu seinem Vorteil, denn das Blut eines Büffels, wenn es auch nur ein gefleckter war, machte ihn stark und unverwundbar. Und deshalb war sich Spotted Hawk seiner Sache sehr sicher, als er sich, ohne das geringste Geräusch zu verursachen, an das Lager der Weißen heranschlich. Spotted Hawk bewegte sich dabei so vorsichtig, daß nicht einmal die Pferde der Weißen unruhig wurden. Überall lagen und standen Rinder herum, müde vom langen Marsch und den vielen Meilen, die sie bis jetzt zurückgelegt hatten.

Es war Spotted Hawks Plan, zuerst den Herdenwächter zu töten. Danach galt es, das Mädchen so schnell wie möglich aus dem Lager zu holen und mit ihm davonzulaufen. Auf der Flucht wollte er die Herde von Nordosten her in Stampede versetzen, so daß sie über das Lager der Weißen hinwegjagte und alles niedertrampeln würde, was ihr in den Weg geriet.

So einfach war das.

Und das Cheyenne-Mädchen würde ihm bestimmt keine Schwierigkeiten machen. Es war eine Gefangene der Weißen. Der, der sich Chris Kane nannte, hatte das Mädchen in seinen Besitz genommen, ohne zu wissen, daß es in seiner Gefangenschaft sterben würde wie ein verletztes Tier. Er mußte ihr kundtun, daß er hier war. Damit sie sich auf die Flucht vorbereiten konnte. So kauerte sich Spotted Hawk zwischen den Büschen nieder und ahmte den Ruf des Käuzchens nach. Das Mädchen würde den Unterschied hören. Es war ein Cheyenne-Mädchen. Seine Sinne waren geschärft.

Kaum war der Ruf des Käuzchens verhallt, übernahm ein neuer Wächter die Herdenwache. Es war der Mann, dessen Haut so schwarz war wie die Nüstern eines Büffels und dessen Haar auf dem Schädel genauso kraus war wie das Haar zwischen den Hörnern eines Büffels. Dieser Mann schwang sich auf das Pferd des anderen und ritt in die Nacht hinaus. Als er schon ziemlich weit vom Lager entfernt war, setzte sich dort eine der schlafenden Gestalten auf. Von der Mulde aus konnte Spotted Hawk gut erkennen, daß es das Cheyenne-Mädchen war, das sie vor einigen Tagen in den Hügeln aufgestöbert hatten. Es hatte den Ruf des Käuzchens gehört.

Der Büffelmensch ritt zwischen den schlafenden Rindern hindurch. Er kam genau auf das Dickicht zu, in dem sich Spotted Hawk versteckt hatte. Bei den ersten Büschen hielt er an und stieg ab. Er führte das Pferd ein Stück weit zu Fuß, drehte dem Lager den Rücken zu und öffnete seine Hose.

Mit einem Pfeil hätte Spotted Hawk den Büffelmenschen jetzt töten können. Aber er besaß nur sein Messer. Er mußte näher an den Büffelmenschen herankommen. Er redete mit sich selber. Spotted Hawk hatte das bei Weißen schon oft gehört. Es schien, als ob viele von ihnen einsam waren. Deshalb redeten sie sogar, wenn sie pinkelten.

Spotted Hawk schlich sich an den Büffelmenschen heran. Fest hielt er sein Messer in der rechten Hand. Keine zehn Schritte trennten ihn noch vom Büffelmenschen, der jetzt wie über einen Scherz lachte. Dann war er fertig. Er knöpfte seine Hose zu, nahm sein Pferd an den Zügeln und führte es in die entgegengesetzte Richtung davon.

»Geh nicht weg«, flüsterte Spotted Hawk. »Ich will dir nicht nachlaufen, damit ich dich töten kann.«

Tief über dem Boden bewegte sich Spotted Hawk durch die Büsche. Er war nicht mehr als ein Schatten, so geschmeidig und leicht bewegte er sich. Der Büffelmensch war am Rande des Dickichts stehen geblieben. Er drehte sich eine Zigarette und zündete sie an. Die flackernde Flamme des Streichholzes beleuchtete einen Augenblick sein dunkles Gesicht. In diesem Moment sprang Spotted Hawk auf. Sein Messer blitzte im Mondlicht. Der Büffelmensch hörte und sah nichts. Er blies das Streichholz aus, als ihn Spotted Hawk wie eine Raubkatze anfiel und ihn mit einem Messerhieb niederstreckte. Ohne einen Laut von sich zu geben, ging der Büffelmensch zu Boden. Die brennende Zigarette fiel ihm aus dem Mund. Ein paar trockene Grashalme fingen Feuer, und Spotted Hawk beeilte sich, die aufzüngelnden Flammen zu zertreten.

Als der Büffelmensch regungslos am Boden lag, sprang Spotted Hawk auf und blickte zum Lager hinüber.

Dort saß das Mädchen aufrecht, als wäre es durch ein Geräusch hochgeschreckt. Niemand sonst war aufgewacht.

Spotted Hawk ahmte den Ruf des Käuzchens nach. Zweimal hintereinander. Jetzt drehte sich das Mädchen um. Es wußte, daß er da war, und es hätte die Weißen mit einem Schrei warnen können. Aber das Mädchen schwieg.

Spotted Hawk kauerte nieder und skalpierte den toten Büffelmenschen. Das war nicht einfach. Das Haar war eigentlich zu kurz und ergab keinen schönen Skalp, den man sich an die Lanze hängen konnte. Für Spotted Hawk war es der erste Skalp eines Büffelmenschen, obwohl er einmal gegen Soldaten gekämpft hatte, bei denen sich auch einige von ihnen befunden hatten.

Er stopfte das kleine Haarstück in die leere Messerscheide und lief nun auf das Lager zu. Da bemerkte ihn das Mädchen. Es sprang auf und begann davonzulaufen, aber in diesem Moment flog eine Decke von einem der Schläfer, und ein gellender Schrei ertönte, der Spotted Hawk durch Mark und Bein fuhr und ihn mitten im Lauf innehalten ließ. Der Schrei war der Kriegsschrei eines Comanchen.

*

Billy erwachte und sah die dunkle Gestalt auf das Lager zulaufen. Sie machte nicht das geringste Geräusch, und Billy wußte nicht, warum er erwacht war.

Für einen Moment blieb der Comanche regungslos in seinen Decken liegen. Dann stieß er einen gellenden Kriegsschrei aus. Seine beiden Revolver steckten in den Holstern, und der Waffengurt lag über seinem Sattel. Billys Hände bewegten sich blitzschnell. Der Schrei war noch nicht verhallt, als er den ersten Schuß abfeuerte. Im grellen Schußblitz sah Billy, wie die Gestalt zusammenbrach.

Der Kriegsschrei und der Schuß rissen die anderen jäh aus dem Schlaf. Chris war als erster auf den Beinen. Sofort bemerkte er, daß Wanowah nicht mehr an ihrem Platz war. Chris packte sein Gewehr und wirbelte herum. Dann sah er das Mädchen. Es lief auf ein ausgetrocknetes Flußbett zu, das ihm Schutz bieten konnte. Aber plötzlich fiel es hin. Chris lief zu ihm und kniete bei ihm nieder. Wanowah hob den Kopf und streckte ihm abwehrend die Hand entgegen.

»Habe ich dir nicht gesagt, daß du nicht davonlaufen sollst«, schimpfte Chris. Sein Vater humpelte heran. »Laß sie in Ruhe, Chris«, sagte er. »Kümmere dich lieber um den dort drüben.« Er zeigte mit dem Krückstock zum Dickicht hinüber, wo eine dunkle Gestalt auf allen vieren wie ein verletztes Tier durch das Salbeigestrüpp kroch.

»He, du!« rief Billy in der Sprache der Kiowas. »Was läufst du davon, wenn es keinen Platz mehr gibt, wo du dich verstecken könntest?«

Die Gestalt warf sich jäh herum und richtete sich auf den Knien auf. Jetzt erkannten Billy und die anderen den jungen Kiowa, der bei Yellow Bear gewesen war und das Mädchen wie einen Hund an einem Strick hinter sich hergezogen hatte.

Chris stand auf. Langsam, den Colt in der Hand, ging er zu den anderen hinüber, die einige Schritte entfernt vor dem Kiowa standen und ihre Waffen auf ihn gerichtet hatten.

Billy stieß Chris an. »Er gehört dir«, sagte er leise. Chris ging auf den Kiowa zu. Dicht vor ihm blieb er stehen. Der Kiowa blickte zu ihm auf. Blut lief ihm aus einer Brustwunde dicht neben seinem Brandmal. Chris sah, daß er unbewaffnet war.

»Kane«, keuchte der Kiowa, als er Chris erkannte.

»Du hast Pech gehabt, Spotted Hawk«, stieß Chris grimmig hervor. »Das Mädchen bleibt bei mir.«

»Dann töte mich«, verlangte Spotted Hawk.

Shorty näherte sich von hinten, das schußbereite Gewehr in der Hand.

»Frag ihn, was mit Jeff ist!« sagte er.

Chris hob den Kopf und blickte zur Herde hinüber. Jefferson Freeman war nirgendwo zu sehen.

»Jeff!« rief Chris in die Nacht hinaus. Der Name verhallte ungehört.

»Jeff ist tot«, sagte Billy leise. »Er hat ihn getötet!«

Spotted Hawk hob beide Arme und streckte seine Hände zum Himmel auf.

»Töte mich, Kane!« sagte er noch einmal. Dann begann er leise zu summen.

»He, was bedeutet das?« rief Shorty dem Comanchen zu.

»Er singt sein Totenlied«, erklärte Billy.

Waco lief an ihnen vorbei auf das Pferd zu, das in einiger Entfernung allein graste. Es war das Pferd, das Jeff zur Herdenwache geritten hatte.

»Jeff!« Waco war stehengeblieben, als er die dunkle leblose Gestalt bemerkte, die einige Schritt entfernt am Boden lag. Einen Moment zögerte er. Dann ging er auf die Gestalt zu und bückte sich nieder.

Jetzt kamen auch die anderen herüber. Nur Chris blieb bei Wanowah. Waco richtete sich auf. Sein Gesicht war im Mondlicht aschfahl.

»Er hat ihn wirklich umgelegt«, rief er aus. »Und dann hat ihn der Bastard auch noch skalpiert.«

Shorty senkte den Lauf seines Gewehres, und bevor ihn jemand daran hätte hindern können, drückte er ab.

*

Bei Sonnenaufgang beerdigten sie Jefferson Davis Freeman auf einer Anhöhe, von der man bei klarem Wetter bis über den Red River nach Texas sehen konnte.

Big Jack Kane hielt eine kurze Grabrede: »Als er von Louisiana nach Texas kam, hatte er die Ketten abgelegt, die er seit seiner Geburt tragen mußte«, sagte Jack Kane mit belegter Stimme. »Er wußte nicht, was Freiheit war, denn er hatte sie nie erfahren. Als der Krieg ausbrach, kämpfte er mit uns gegen die Yankees, und es war seine freie Entscheidung. Er war kein Sklave mehr, und er kämpfte mit dem Mut eines Mannes, der bis zum Ende des Regenbogens gehen wollte. Dort sollte sein Traum Wirklichkeit werden. Dort sollte er das Glück finden, das für ihn bestimmt war.«

Der Rancher richtete sich am Stock auf und blickte in die Ferne. »Es war der Mut, der ihn antrieb, und ich glaube nicht, daß er sich ein einziges Mal im Leben gefürchtet hat, den nächsten Schritt in die Zukunft zu tun. Deshalb kam er mit dieser Herde, nachdem er seine eigene verloren hatte und damit alles, was er besaß. Es war seine einzige Chance, noch einmal neu anzufangen.«

Big Jack Kane blickte jetzt Sergeant McLean an. »Ich weiß nicht, warum Lieutenant Lawton nicht hier ist und an seiner Stelle Lieutenant Burton für unsere Sicherheit verantwortlich ist. Aber wenn ich herausfinde, warum wir keinen Begleitschutz haben, wird das für euch Blaubäuche unangenehme Folgen haben!«

Big Jack Kane brach ab. Mit einem Ruck drehte er sich um und ging davon. Sergeant McLean blickte Chris an.

»Verdammt, warum sagt er das mir?« stieß er hervor. »Ich bin immerhin hier und...«

»Wenn du schon den Mund aufmachen mußt, Sergeant, dann sprich ein Gebet«, unterbrach ihn Chris trokken. Da schwieg Sergeant McLean. Erst später, als er das

Maultier belud und Silas Reed herüberkam, hatte er Gelegenheit, seinen Ärger loszuwerden.

»Der Teufel soll mich holen, wenn ich verstehe, warum Kane uns für den Tod von Jefferson Freeman verantwortlich macht!«

Silas Reed befestigte die Travoistangen am Sattel seines Pferdes.

»Er gibt nicht uns die Schuld, Sergeant«, sagte er. »Aber ich möchte nicht in den Stiefeln von Burton stecken.«

»Burton? Was hat er denn damit zu tun. Er wurde jenseits der Tuscanora-Hügel aufgehalten, und das ist . . .«

»Blödsinn, Sergeant!« Jetzt richtete sich Silas Reed auf. »Wir sind beide zu lange bei der Armee, um uns etwas vorzumachen. Man sagt, daß hier ein Platz für die Cheyenne ist, aber man denkt, daß der einzige Platz für Rothäute jeglicher Art in der Hölle ist. Dieses Reservat hier wird eines Tages genauso von weißen Siedlern überflutet werden wie das Land rund herum. Für die Indianer gibt es keinen Platz mehr. Nicht hier und auch nicht anderswo in den Vereinigten Staaten.«

»Mir persönlich ist das gleichgültig, wo man den Rothäuten einen Platz überläßt, Reed. Ich führe nur meine Befehle aus.«

»Und Gedanken über Burton machst du dir nicht, wie?«

»Warum sollte ich? Burton ist mein Vorgesetzter. Und er bekommt seine Befehle von oben.«

»In diesem Fall sollte es dich nicht wundern, wenn diese Texaner eine Stinkwut im Bauch haben und noch einiges passieren wird, bevor die Herde ihr Ziel erreicht. Lieutenant Burton ist einer der größten Schufte, die die Sonne bescheint. Ich . . .«

Sergeant McLean fuhr herum.

»Wie kommst du dazu, einen Offizier der Armee als . . .?«

Der Scout winkte ab. »Warum regst du dich auf, Sergeant? Du kannst mir glauben, daß ich als Scout einiges mitbekomme, was dir und deinen Soldaten verborgen bleibt. Und ich sage dir, Sergeant, dieser Kane und sein Sohn haben den richtigen Riecher. Sie haben gleich gemerkt, daß etwas faul ist an diesem Spiel.« Silas Reed legte dem Sergeant die Hand auf die Schulter. »Und daß etwas faul ist, beweist allein schon die Tatsache, daß es Burton vorgezogen hat, jenseits der Tuscanora-Hügel zu warten. Garantiert rechnet er überhaupt nicht damit, daß einer von uns oder einer der Texaner je durch die Berge kommt.«

»Das sind Theorien, Reed«, antwortete McLean mit gerunzelter Stirn. »Da ist nichts dran, was man greifen kann. Wenn ich dich nicht kennen würde, würde ich sagen, daß das Hirngespinste sind.«

Silas Reed nickte.

»Eines sage ich dir, Sergeant. Burton hat ausgespielt, wenn es Kane oder einem seiner Leute gelingt, nach Fort Reno zu kommen. Dann platzt die Bombe, deren Knall das Weiße Haus in Washington erschüttern wird.«

KAPITEL 7

Jim Tuckers Bande

Während sich die Texasherde von Big Jack Kane langsam von Süden her den Tuscanora-Hügeln näherte, lagerte Lieutenant Albert Burton mit seinem Trupp in einem der versteckten Bergtäler, in dem Jim Tucker seine Ranch hatte. Eigentlich war die Ranch weniger eine Ranch als ein Schlupfwinkel für ihn und seine Bande, wohin sie sich jederzeit zurückziehen konnten, wenn ihnen anderswo der Boden unter den Füßen zu heiß wurde.

An diesem Tag saßen sich in Tuckers Ranch, an einem rohgezimmerten Küchentisch, Lieutenant Albert Burton und Jim Tucker, der Mann mit der Narbe im Gesicht, gegenüber.

»Der Rawhide Canyon ist ein feiner Platz, Burton«, sagte Tucker und lächelte dem Lieutenant zu, der sich nicht so wohl in seiner Haut fühlte, wie er sich gab. »Morgen abend werden sie dort sein. Am Canyonende gibt es einen ausgezeichneten Platz für ein Nachtlager. Es stehen ein paar Ruinen von einer alten Siedlung dort. Eine Geisterstadt, aber das wird die Texaner nicht stören. Sie werden ziemlich erschöpft dort ankommen.«

»Es muß alles schnell gehen und reibungslos, Tucker«, antwortete Lieutenant Burton und trank einen Schluck aus einem schmutzigen Schnapskrug. Als er den Mann anblickte, der ihm gegenüber saß, wurde er sich wieder einmal bewußt, wie sehr er sich diesem durchtriebenen und skrupellosen Mann ausgeliefert hatte. Eigentlich wußte Burton wenig von ihm. Tucker war von Missouri in das Indianerterritorium gekommen. Das war vor Jahren gewesen, als es noch kein Fort Reno und noch kein Reservat für die nördlichen Cheyenne gegeben hatte. Damals hatte er damit angefangen, ein Geschäft vorzubereiten, das ihm ermöglichen sollte, eines Tages als erfolgreicher und angesehener Mann dorthin zurückzukehren, von wo er gekommen war. Tucker hatte eine Mannschaft von harten und skrupellosen Männern um sich geschart wie ein Rudel von Wölfen, die sich instinktiv dem Stärkeren unterwarfen. Für wenig Geld hätten sie sich gegenseitig umgebracht, hätte es Jim Tucker nicht verstanden, diese Bande von Desperados mit eiserner Faust zu führen. Ihre kleinen Überfälle auf Reisende brachten ihnen zwar nicht viel ein, aber Tucker besaß genug Phantasie, Unzufriedene mit großartigen Plänen umzustimmen. Er selbst verdiente an allem, womit man Geld machen konnte. Und das war nicht wenig, solange in diesem Land verschiedene Gruppen ebenso viele Interessen vertraten, solange das Indianerterritorium nicht ein Staat war, sondern ein zerstückelter Landstrich, um dessen Stücke sich Indianerstämme und Landspekulanten rissen.

Oklahoma, dieser Landstrich, der sich wie eine neuentdeckte Insel inmitten der Vereinigten Staaten befand, bot einem Mann wie Jim Tucker viele Möglichkeiten, schnell einen Haufen Geld zu verdienen. Und Tucker hatte scharf umrissene Pläne, von denen er nicht abwich.

Das war alles, was Lieutenant Burton wußte, und es war zuwenig, um das überhebliche Grinsen im bärtigen Gesicht Tuckers auszulöschen. Tucker hatte ihn in der Hand. Außerdem brauchte er ihn, um seine eigene Ehre wiederherzustellen und ihm zu dem damit verbundenen Ansehen zu verhelfen. Das einzige, was Burton daran störte, war die Tatsache, daß Tucker genau wußte, worum es ging und mit wem er Geschäfte machte. Und dieses Wissen nützte er aus. Burtons einzige Hoffnung war, daß sein großer Tag nicht mehr fern war und daß sich dann einiges klären würde.

»Tucker, ich brauche Ihnen wohl nicht zu sagen, daß mir diese Angelegenheit schwer auf dem Magen liegt«, sagte er und trank.

Tuckers Grinsen verstärkte sich. »Keine Sorge, Burton. Alles geht in Ordnung. Ich kriege die Texas-Herde, und aus Ihnen wird der Held der Nation. Das ist doch eigentlich Grund genug, unsere Zusammenarbeit zu feiern.«

Jim Tucker hob seinen Krug. »Auf Ihr Wohl, Lieutenant! In einigen Tagen werden Sie für Ihre Taten mit einer Medaille des Kongresses geehrt und wahrscheinlich zum Captain oder gar zum Major befördert. Ich bin sogar sicher, daß Mackenzie Sie zum Kommandanten von Fort Reno machen wird, während er Major Mizner in die Wüste schickt. Ich brauche Ihnen ja nicht zu sagen, daß uns dadurch ungeahnte Möglichkeiten entstehen werden, aus dem bevorstehenden und nun schon fast unausweichlichen Krieg mit den Cheyenne Kapital zu schlagen.«

»Sie wissen, daß es mir nicht um persönlichen Profit geht, Tucker«, wandte Burton ein.

Tucker lachte. »Gewissensbisse, Lieutenant, sind Anzeichen von Schwäche. Ich weiß, daß Sie das Geld nicht brauchen, weil Sie einer reichen Familie entstammen. Mir hingegen geht es tatsächlich um den schnöden Mammon, den ich mir im Falle einer militärischen Auseinandersetzung zwischen den Rothäuten und der US-Armee verdienen werde. Krieg ist immer ein lohnendes Geschäft, Burton. Daß dabei Menschenleben draufgehen, ist eine Nebensache, über die man leichter hinwegsehen kann, wenn die Kasse stimmt.«

Lieutenant Tucker trank mehr von dem scharfen Grenzerschnaps, den Tuckers Leute selbst brannten. Allmählich verlor er sämtliche Gewissensbisse. Wozu hätte er sich auch Gedanken machen sollen. Das Indianerproblem war ohnehin eine dreckige Angelegenheit.

»Sie wissen, daß ich Sergeant McLean mit Silas Reed und einem Rekruten zum Medicine Creek geschickt habe, Tucker? Reed machte mir in letzter Zeit einige Schwierigkeiten.«

»Wer ist Reed?«

»Ich glaube, er hat sich mehr Gedanken gemacht, als für ihn gut ist. Ich möchte unter keinen Umständen, daß dieser Mann am Leben bleibt.«

Tucker lachte kalt. »Meine Leute sind absolut zuverlässig, Burton. Wenn die Armee solche Leute in ihren Reihen hätte, wäre die ganze Indianerangelegenheit längst geregelt. Machen Sie sich nur keine Sorgen, Burton. Keiner von ihnen wird die Möglichkeit haben, Sie später zu belasten. Das könnte Sie ja leicht Ihren Kopf kosten, mein Freund.«

»Nicht nur meinen, Tucker«, entgegnete Burton scharf. »Vergessen Sie nicht, daß man bei einer Untersuchung einem Offizier eher Glauben schenkt, als einem Mann, dessen Vergangenheit...«

»Sparen Sie sich Ihre Rede, Lieutenant. Bei Ihnen sieht es nicht besser aus. Aber wir kommen vom eigentlichen Thema ab. Es geht um die Texas-Herde und nicht darum, uns gegenseitig das Leben schwerzumachen. Sie brauchen mich, und ich brauche Sie. Alles andere ist Quatsch. Glauben Sie wirklich, daß ich nicht weiß, woran ich mit Ihnen bin?« Tucker grinste.»Ich habe Erkundigungen eingezogen, Burton. Ich weiß, daß Sie im Bürgerkrieg Major waren, daß Sie von einem Kriegsgericht zum Lieutenant degradiert wurden und Sie seither vom Ehrgeiz, sich zu rehabilitieren, gebeutelt werden. Bitte, bleiben Sie jetzt ruhig, Lieutenant! Ich will damit nicht sagen, daß ich beabsichtige, aus meinem Wissen mehr Kapital zu schlagen, als unbedingt notwendig ist. Es soll Ihnen nur zeigen, daß sich meine Vergangenheit der Ihren gegenüber sehen lassen kann. Außerdem ist es immer gut zu wissen, mit wem man Geschäfte macht, Burton.«

Einen Moment schien es, als würde Burton die Beherrschung verlieren. Mit dunkelrotem Gesicht beugte er sich über den Tisch, aber in diesem Moment klangen harte Schritte auf, die vor der Tür verstummten. Ein Mann klopfte und Lieutenant Burton richtete sich schließlich auf und hob den Krug zum Mund.

»Herein«, rief Tucker.

Ein magerer Corporal mit einer Augenklappe über der linken Augenhöhle betrat den Raum. Hinter ihm stand ein kleiner, in Wildleder gekleideter Mann mit schulterlangem Haar.

»Meldung aus Fort Reno, Sir«, sagte der Corporal. »Der Mann ist Tag und Nacht geritten, Sir.«

»Lassen Sie ihn eintreten, Perkins«, sagte Lieutenant Burton und wischte sich mit dem Handrücken über den Mund.

Der Scout, im ganzen Land wegen eines hängenden Augenlides unter dem Namen »Schlafauge-Jones« bekannt und als einer der besten Reiter in Fort Reno, betrat den Raum. Er spuckte respektlos auf den Boden, zog mit dem Stiefel einen Stuhl heran und setzte sich an den Tisch.

»Der Teufel ist los, Burton«, sagte er. »Mizner hat mir ein Schreiben mitgegeben.«

»Mizner ist Offizier im Rang eines Majors, und ich bin Lieutenant, Jones«, fuhr Burton den Mann ärgerlich an. »Anstand ist wohl nicht Ihre starke Seite?«

Der Scout hob verwundert die Braue.

»Ich bin Zivilscout, Burton, und wenn man es genau nimmt, hätten Sie Mr. Jones zu mir zu sagen, nicht wahr?«

Jim Tucker konnte sich ein verstecktes Grinsen nicht verkneifen. Lieutenant Burton hingegen sagte nichts mehr und riß den Briefumschlag auf. Er enthielt eine kurze Meldung, die allerdings genügte, Burton hochfahren zu lassen. Er wollte etwas zu Tucker sagen; erinnerte sich aber an die Anwesenheit des Kundschafters.

»Okay, Jones. Melden Sie sich bei Sergeant Lee! Ich brauche Sie nicht mehr!«

»Keine Antwort an Mizner, Burton?«

»Vorläufig nicht.«

Jones liebäugelte mit der Flasche, die auf dem Tisch stand. Als er keine Anstalten machte hinauszugehen, fragte Burton: »Noch was, Jones?«

144

Der Kundschafter verkniff das Gesicht. »Ich könnte einen anständigen Schluck von dem Zeug vertragen, Burton.«

»Im Store von Fort Reno bekommen Sie zu trinken! Wiedersehen!«

Jones seufzte und verließ den Raum. Als der Corporal die Tür hinter sich zugemacht hatte, händigte Lieutenant Burton Tucker die Nachricht aus.

»Wissen Sie, was das bedeutet, Tucker?« fragte er grimmig.

»Lassen Sie mich erst lesen.« Tucker überflog die Nachricht und blickte dann über den Blattrand in das blasse Gesicht des Lieutenants.

»Mizner schreibt, daß Sie sich beeilen sollen, da die Cheyenne nahe dran sind, die Nerven zu verlieren. Well, Burton, das ist nicht viel. Und es dürfte kaum etwas an unseren Plänen ändern.«

»Tucker, wir wollen nicht, daß in der Agentur etwas passiert, bevor unsere Sache gelaufen ist. Die Cheyenne haben angedroht, das Reservat zu verlassen und nach Norden zu ziehen. Wenn das geschieht, kriegen sie Kanes Rinder nicht verkauft, und meine Aktion gegen die Viehdiebe geht im Wirbel unter, ohne daß die Presse oder sonst jemand davon Notiz nimmt. Ich brauche Ihnen nicht zu sagen, was das bedeutet, Tucker.«

»Nur keine Panik, Burton. Das ganze Oklahoma-Territorium besteht nur aus Indianerreservaten. Und nicht nur die Cheyenne haben Hunger. Für mich bleibt es sich gleich, wo ich die Herde an den Mann bringe. Sie müssen zugeben, daß ich ein bedeutend kleineres Risiko eingehe, wenn ich die Rinder in das Comanchen-Reservat bringe, wo niemand eine Ahnung hat, daß die Herde einem gewissen Big Jack Kane gehört hat.«

»Unsere Abmachungen lauten anders, Tucker. Sie verkaufen die Rinder an John Miles und nicht an die Comanchen. Daran werden Sie sich halten müssen!«

»Fällt Ihnen nicht auf, daß wir uns in der letzten Zeit laufend streiten, Burton?« erwiderte Tucker spöttisch. »Es ist nicht gut, wenn Geschäftspartner streiten.«

Der Lieutenant griff nach dem Krug und trank in großen Zügen, bis er sich verschluckte und zu husten begann.

»Sie regen sich zu schnell auf, Burton. Natürlich sieht nun die Sache etwas anders aus, aber das ist noch lange kein Grund, sich zu betrinken.«

»Sie haben gut reden, Tucker. Sie brauchen keine Schau, die einmalig ist und durch alle Zeitungen geht, damit Sie eine Chance bekommen. Aber ich! Wenn im Darlington-Reservat die Hölle ausbricht, wird sich kaum jemand mehr für eine kleine Auseinandersetzung zwischen Viehdieben und einem Kavallerietrupp interessieren.«

»Vorläufig hat sich die Hölle noch nicht aufgetan«, beruhigte Tucker den Lieutenant. »Vorläufig wissen wir nur, daß die Cheyenne unruhig sind. Und das sind sie schon seit Monaten, Burton. Die Rothäute wollen zurück in ihre alte Heimat, und sie werden irgendwann einen Versuch unternehmen, nach Norden zu flüchten. So schnell passiert das jedoch nicht. Morgen abend werden meine Leute die Rinder klauen und Big Jack Kane mit all den anderen in die Hölle befördern. Am nächsten Morgen greifen Sie mit Ihrem Trupp meine Leute an, und ich brauche Ihnen wohl nicht zu sagen, daß es mir recht wäre, wenn außer Joe Tapp und Frank Payton alle beseitigt würden. Anschließend treiben wir die Herde zur Agentur und überlassen sie John Miles. Man wird fragen, warum nicht Big Jack Kane da ist, und Frank Payton wird sagen, daß Kane tot ist und er als Vormann die Vollmacht hat, die Rinder zu verkaufen. Payton kassiert das Geld, und Sie sind der größte Held des Territoriums und bekommen Ihre wohlverdiente Tapferkeitsmedaille. Dann wird man sich Ihrer ruhmreichen Taten im Bürgerkrieg erinnern, wird Sie loben und wieder auszeichnen, und schließlich werden Sie befördert. Ihr Herr Vater wird stolz sein auf seinen Sohn, und Sie werden Ihre Laufbahn bei der Armee als General beenden und somit in die amerikanische Geschichte eingehen. Ihre Ehre wird wiederhergestellt sein, der Stolz Ihrer Familie gerettet, und wenn die Cheyenne aus dem Reservat ausbrechen, wird Mackenzie nicht einen Augenblick zögern, Ihnen die Verfolgung der Rothäute anzuvertrauen, und dann gibt es Krieg, und die Rothäute werden Waffen brauchen, die sie von mir erhalten werden. So einfach ist das alles, Burton.«

»Hören Sie damit auf, Tucker!« schnappte der Lieutenant. »Haben Sie eigentlich mal überlegt, was da alles schief gehen kann?«

»Ich bin ein Optimist, Burton. Und Sie sollten es auch sein, denn ich bin es, der Ihnen die Leiter zur Unsterblichkeit hält.«

Burton hob den Krug an seinen Mund, trank und setzte ihn ab. Seine Augen glitzerten jetzt, und sein Gesicht hatte rote Flecken. Tucker stand auf. Langsam ging er zur Tür, wo er sich noch einmal umdrehte.

»Sorgen Sie dafür, daß Sie bis morgen nüchtern sind, Burton«, sagte er. »Alles andere können Sie mir überlassen.«

Tucker verließ das kleine Haus, bestieg sein Pferd und ritt zum Lager seiner Männer.

*

Ein Dutzend hartgesottene Desperados erwarteten Jim Tucker in seinem Versteck in den Tuscanora-Hügeln. Sie alle wußten, warum sie hier waren. Genau wie beim letzten Mal sollten sie eine Mannschaft aus Texas überfallen, dieses Mal aber niemand entkommen lassen. Beim letzten Mal war ein schwarzer Cowboy abgehauen, und obwohl Tucker ihm Mink und Joe Tapp nachgeschickt hatte, war er ihnen entkommen.

Als Tucker in das Versteck geritten kam, erhob sich Frank Payton, der Mann mit den zwei Revolvern tief an seinen schmalen Hüften und einem goldenen Ring im linken Ohr. Payton kam aus Texas, und wenn es einen Mann gab, auf den sich Tucker verlassen konnte, war es zweifellos dieser langbeinige Texaner.

Tucker kletterte vom Pferd und warf die Zügel einem kleinen Mexikaner zu.

Joe Tapp kam aus einem alten Armeezelt, das die Männer im Schatten eines Cottonwoods aufgestellt hatten. Er war ein untersetzter Mann mit einem blonden Knebelbart, einem Stiernacken und einem verkniffenen Mund. Er trug nur das Unterzeug, seine hochschäftigen Stiefel und den Waffengurt mit dem großen Colt, der links an seiner Hüfte hing. Er blinzelte in die Sonne, beschattete seine Augen und kam zum Feuer, wo Tucker schwarzen Kaffee aus einer Kanne in eine Blechtasse goß, die ihm von einem sommersprossigen Jungen gereicht wurde.

Er trank einen Schluck, verzog sein Gesicht, spuckte den Kaffee aus und warf die Tasse zu Boden.

»Wie oft wurde der Satz aufgebrüht?« knurrte er den Jungen an.

»Sechsmal, Boss. Was soll ich tun? Es ist der letzte, den wir haben.«

Frank Payton nickte.

»Es wird Zeit, daß wir wieder einmal anständig einkaufen können, Boss. Cole gibt sich alle Mühe, und morgen muß er aus Dreck Pfannkuchen machen, wenn diese Texaner nicht wenigstens einen Küchenwagen und genug Proviant dabei haben.«

Jim Tucker beruhigte sich. Die Männer blickten ihn erwartungsvoll an.

»Well, morgen abend ist es soweit, Leute«, sagte er. »Wir greifen in der Nacht an. Ich habe mir den Ort angesehen. Die alten Ruinen machen es uns leicht, an das Lager heranzukommen! Dreitausend Piepen sind uns so gut wie sicher.«

Die Männer grinsten zufrieden. Jeder von ihnen konnte mit einer Prämie von hundert Dollar rechnen. Das war ein ganz anständiger Lohn für einen schnellen Job.

»Anschließend treiben wir die Herde nach Fort Reno, wo sich die Cheyenne mal satt fressen können«, erklärte Tucker weiter.

»Und was ist mit den Yankee-Soldaten, die bei der Ranch lagern, Boss?« fragte einer der Männer.

»Die bleiben dort, wo sie sind und warten auf die Herde«, erwiderte Tucker ruhig. »Wenn sie bis morgen abend nicht durch die Berge kommt, werden sie nach Fort Reno zurückreiten. Von ihnen haben wir auf keinen Fall etwas zu befürchten.«

Payton, der hagere Texaner, verzog sein Gesicht.

»Das schlimme daran ist nur, daß es Texaner sind, Boss. Ich kenne Big Jack Kane und seinen Sohn Chris. Der Alte ist ein schlauer und verwegener Bursche. Er hat ausgezeichnete Leute in seiner Mannschaft, die für ihn in die Hölle und zurück reiten würden.«

»Es sind nur eine Handvoll bei ihnen«, sagte der Mann mit den abstehenden Ohren. »Wenn du Angst hast, kannst du hierbleiben und warten, bis alles vorbei ist, Payton.«

Payton lächelte. »Ich habe nur gesagt, daß ich Big Jack Kane kenne. Das ist alles, Slim.«

»Dann wird er sich bestimmt freuen, einen alten Bekannten wiederzusehen«, sagte Jim Tucker lachend. »Du, Mink und der Mexikaner, ihr reitet hinunter und richtet euch zwischen den Ruinen ein. Wenn Kane mit der Herde durch den Canyon kommt, hockt ihr friedlich an einem Lagerfeuer und empfangt sie mit einem Krug von unserem Whiskey. Wo sich Texaner treffen, wird gefeiert. Ihr werdet Spaß haben und gute Freunde werden. Und wenn Kane und seine Cowboys besoffen sind, gebt ihr uns ein Zeichen, und das bedeutet, daß die Feier jetzt zu Ende ist.«

»Wir haben uns unterdessen an die Rinder herangemacht, und wenn wir das Zeichen erhalten, fangen wir an zu schießen«, sagte der Mann mit den abstehenden Ohren.

»Genauso wird's gemacht«, nickte der Mann, der Mink hieß und der bis jetzt schweigend zugehört hatte.

»Einfacher geht es nicht«, sagte Tucker, der sichtlich stolz auf seine Idee war. »Wenn die alle richtig besoffen sind, kann überhaupt nichts mehr passieren.«

Der Mann, der Mink hieß, nahm den Hut vom Kopf und wischte sich mit dem Hemdärmel den Schweiß von der Glatze.

»Besoffen stirbt es sich am leichtesten«, sagte er.

Die anderen lachten, aber Paytons Gesicht blieb ernst.

*

Lieutenant Burton hatte den einäugigen Korporal zum Lager seiner Soldaten geschickt, um Sergeant Lee herzuholen. Schon bald meldete sich dieser beim Lieutenant, der, etwas unsicher auf seinen Beinen stehend, beim Reden mit der Zunge anstieß.

»Stellen Sie fest, wer vom Rindertreiben eine Ahnung hat, Sergeant«, befahl der Lieutenant. »Ich will wissen, wer schon einmal Cowboyarbeit geleistet hat und sich zumutet, eine Herde halbwilder Texas-Longhorns ein paar Meilen weit nach Norden zu treiben.«

Sergeant Lee, ein grobschlächtiger Mann mit einem stoppelbärtigen Gesicht, sah seinen Vorgesetzten verständnislos an.

»Sir, die Herde wird von Texas-Cowboys getrieben. Ich denke, es wird kaum notwendig sein, daß wir diesen Cowboys unter die Arme greifen müssen.«

»Sie denken zuviel, um ein guter Offizier zu werden, Sergeant«, sagte Burton. »Wenn Sie so weitermachen, werden Sie noch vorzeitig entlassen.«

»Sir, darf ich Sie darauf aufmerksam machen, daß ich ohne mein Zutun Sergeant geworden bin und daß meine

Dienstzeit im Frühjahr abgelaufen ist. Ich habe nicht die Absicht, noch länger diese Uniform zu tragen.«

»Sergeant, soll das heißen, daß Ihnen die Uniform nicht behagt?«

»Sir, ich war betrunken, als ich unterschrieben habe, vier Jahre lang dem Vaterland zu dienen. Vier Jahre, Sir, das ist eine Ewigkeit.«

»Ich bin seit fünfzehn Jahren Soldat, Sergeant!«

»Daß Sie immer noch leben, spricht für Sie, Sir«, antwortete Sergeant Lee ruhig.

Burton schnaubte durch die Nase.

»Führen Sie meinen Befehl aus, Sergeant!« befahl er. »Schreiben Sie die Namen der Männer auf. Falls Sie sich fragen, wozu das gut sein soll, so denken Sie daran, daß wir mit der Möglichkeit rechnen müssen, von Indianern oder weißen Banditen angegriffen zu werden. Klar?«

»Klar, Sir. Absolut!« Lee salutierte und ging hinaus. Burton rülpste und trat unter die Tür. Die Sonne blendete ihn, sonst hätte er vielleicht den Reiter auf dem Hügel gesehen, obwohl sich dieser nur schwach gegen den Schatten eines Baumes abhob. Im Moment jedoch, als sich der Reiter bewegte, blinkte Sonnenlicht auf Metall. Sergeant Lee, der unterwegs zum Soldatenlager war, bemerkte es. Zuerst wollte er umkehren und seine Entdeckung mitteilen, doch dann gab er seinem Pferd die Schenkel und ritt weiter.

KAPITEL 8

Old Spanish Town

Seit Wanowah auf dem Travoi lag, hatte Silas Reed keine Möglichkeit mehr, alleine oder mit Billy der Herde voranzureiten, um eine eventuelle Gefahr frühzeitig zu entdekken. Sein Pferd, das einzige, das ein Travoi ziehen konnte, ließ sich nur von ihm reiten. Für Chris bedeutete das, daß er seinen Platz in der Mannschaft wieder einnehmen und seine Arbeit als Treiber verrichten mußte, auch wenn es ihm schwerfiel, sich auf etwas anderes zu konzentrieren als auf das Mädchen. Die ganze Zeit, während er im Staub herumritt und dafür sorgte, daß sich keine Rinder von der Herde entfernten, dachte er an Wanowah. Auch wenn er versuchte, seine Gedanken in eine andere Richtung zu lenken, kehrten sie immer wieder zu Wanowah zurück, und Chris wurde klar, daß irgend etwas mit ihm nicht mehr so war wie noch vor einigen Tagen. Das Gefühl verunsicherte ihn, und er kam nicht umhin, sich über sich selbst zu wundern.

Ein Tag, nachdem Jefferson Freeman begraben worden war, erreichte die Herde die Tuscanora-Hügel. Das Gelände war jetzt unübersichtlicher. Die Hügel und Täler waren streckenweise bewaldet, und der Rindertrail führte durch schmale Lücken zwischen den Hügeln, hinauf zu einem hochgelegenen Talkessel, in dem zwei Flüsse aufeinandertrafen. Beide waren ausgetrocknet. Nur an der tiefsten Stelle des Tales gab es noch mehrere Tümpel, die mit einer braunen Brühe aufgefüllt waren. Stechmücken fielen über die durstigen Rinder, die Pferde und die Männer her. Chris gab Wanowah den Rest des Wassers aus seiner Flasche und trank selbst aus dem Tümpel.

Am Nachmittag erspähte Billy auf einem Felsgrat einen berittenen Indianer. Billy machte die anderen sofort darauf aufmerksam. Der Indianer hob sich regungslos wie eine Statue gegen den Abendhimmel ab. Er saß auf einem Pony und war mit einer Lanze bewaffnet.

»Von welchem Stamm ist er?« fragte Big Jack Kane Billy, der an der Spitze der Herde ritt und seine Augen mit der Hand beschattete.

»Schwer zu sagen, Boss. Es könnte ein Cheyenne sein oder ein Arapahoe. Wahrscheinlich ein Cheyenne.«

Big Jack Kane schüttelte den Kopf.

»Bestimmt irrst du dich, Billy. Die Darlington-Agentur befindet sich noch mehr als hundert Meilen weit von hier entfernt, und die Cheyenne sollen alle ganz in der Nähe der Agentur ihre Dörfer haben.«

»Möglich, daß es sich bei ihm um einen südlichen Cheyenne oder um einen Arapahoe handelt. Aber dem Hemd nach ist er ein nördlicher Cheyenne. Um sicher zu gehen, muß ich ihn mir mal aus der Nähe ansehen.« Billy zog sein Pferd herum.

»Paß auf dich auf, Billy«, rief Big Jack Kane dem davonreitenden Comanchen nach.

Big Jack Kane und seine Mannschaft hatten nun alle Hände voll zu tun, die Herde weiterzutreiben. Keines der erschöpften Rinder ließ es sich entgehen, in den Tümpeln ein erfrischendes Schlammbad zu nehmen. Dicht gedrängt standen und lagen sie im Dreck und wollten sich nicht mehr dazu bewegen lassen, weiter zu marschieren. Die Cowboys mußten sie mit Revolverschüssen aufscheuchen und weitertreiben. Schließlich zog die Herde langsam durch das Tal nordwärts.

Immer wieder hielten Big Jack Kane und seine Männer nach Billy oder dem Indianer Ausschau, aber beide blieben verschwunden. Als sich der Tag zu Ende neigte, schickte Big Jack Kane seinen Sohn voraus, um nach einem günstigen Lagerplatz zu suchen. Chris ritt durch den Rawhide Canyon, einen ziemlich breiten Einschnitt mit steilen Geröllhängen, die hoch über dem Grund der Schlucht in riesigen Felswänden endeten.

Chris ritt bis zu einer Biegung des Canyons, in dem sich nun die Dämmerung einnistete. Als er sein Pferd zügelte, gewahrte er einen jungen Hirsch am Steilhang. Chris erlegte ihn mit einem Schuß, legte ihn sich über den Sattel und ritt zur Herde zurück, die sich nun am Anfang des Rawhide Canyons befand.

Billy war noch immer nicht zurückgekehrt, und Chris schlug vor, hier zu lagern und die Schlucht am nächsten Tag zu durchqueren.

*

Die Nacht war kühl. Chris wachte irgendwann auf und bemerkte, daß Wanowah nicht mehr dort lag, wo sie sich das Lager zurechtgemacht hatte. Chris erhob sich und erspähte die Gestalt des Mädchens sofort. Wanowah stand bei den Pferden, die in einer Seilkoppel untergebracht waren. Chris konnte deutlich sehen, daß sie versuchte, einem der Pferde ein Zaumzeug anzulegen. Das Pferd wich zurück, aber Wanowah folgte ihm und hielt es dabei am Ohr fest.

Chris erhob sich leise. Waco drehte sich im Schlaf um und gab dabei ein paar Knurrlaute von sich. Shorty hatte Herdenwache. Der Sergeant und G. P. lagen dicht beisammen und schnarchten beide mit offenem Mund. Big Jack Kane erwachte. Er hob den Kopf und blickte seinen Sohn fragend an. Mit einer Kopfbewegung machte ihn Chris auf das Mädchen aufmerksam. Big Jack Kane ließ den Kopf wieder zurückfallen und schloß die Augen.

Chris verließ das Lager. Wanowah bemerkte ihn erst, als die Pferde nervös wurden. Sofort ließ sie das Pferd los, und einen Moment lang sah es aus, als wollte sie davonlaufen. Chris war stehengeblieben. Er wollte nicht, daß sie Angst kriegte und davonlief. Minuten verstrichen. Sie senkte den Kopf. Da ging er zu ihr, und er nahm sie bei der Hand und führte sie in den Mondschatten einiger Büsche. Dort ließen sie sich nieder, und Chris zog seine Jacke aus und legte sie ihr über die Schultern.

»Ich erwache jedesmal, wenn du weglaufen willst«, sagte Chris leise zu ihr. »Deshalb glaube ich nicht, daß es dir gelingen wird zu fliehen.«

Sie antwortete nicht.

»Ich weiß auch, daß du meine Sprache verstehst und sie sogar sprechen kannst. Silas Reed hat es mir gesagt.«

Das Mädchen gab ihm keine Antwort.

»In wenigen Tagen sind wir bei deinen Leuten. Es ist dumm von dir, jetzt noch davonlaufen zu wollen.«

Wanowah hob den Kopf.

»Ich will nicht zurück«, sagte sie so leise und zögernd, daß Chris die Worte eher erraten mußte, als daß er sie verstehen konnte.

»Warum willst du nicht zurück?«

»Weil ich allein bin. Meine Eltern sind tot. Meine Brüder und Schwestern sind tot.«

Chris war überrascht, wie leicht ihr die Worte über die Lippen kamen, obwohl er von Silas Reed erfahren hatte, daß Wanowahs Mutter eine Weiße gewesen war.

»Wohin willst du denn?«

»Nirgendwohin.«

Chris lachte.

»Dann bleib hier und versuch nicht, eines unserer Pferde zu stehlen. Du hast uns schon drei Rinder gekostet.«

»Ich werde es wieder versuchen, wenn du schläfst.«

»Dann bleibe ich die ganze Zeit wach.«

Sie senkte den Kopf.

»Das wird nichts nützen«, sagte sie. »Du wirst nur müde davon, und irgendwann fallen dir die Augen zu.«

»Ich kann tagsüber im Sattel schlafen.«

»Bis du vom Pferd fällst und dein Genick brichst.«

»Wünschst du dir das etwa?«

»Was?«

»Daß ich vom Pferd falle und mir das Genick breche.«

Sie blickte auf und sah ihn an, ohne etwas zu sagen.

»Es freut mich, daß es dir besser geht«, sagte er. »Silas Reed hat dir von seiner Medizin gegeben, nicht wahr?«

Sie nickte.

»Und es freut mich, daß du meine Sprache sprichst«, sagte Chris. »Jetzt können wir miteinander reden.«

»Es ist auch meine Sprache. Die Sprache meiner Mutter.«

»Weißt du, wer deine Mutter war?«

Wanowah gab ihm auf diese Frage keine Antwort.

»Deine Mutter hatte einen Namen, Wanowah.«

Wanowah schwieg. Da stand Chris auf und nahm sie beim Arm. »Komm, wir gehen zum Lager zurück. Mir ist kalt.«

Wanowah erhob sich, und sie gingen zum Lager. Chris warf einen Blick zu seinem Vater hinüber. Er lag auf der Seite und schien zu schlafen.

*

Billy kehrte in dieser Nacht nicht zurück. Am nächsten Morgen ließ Big Jack Kane das Lager etwas später abbrechen, da sie an diesem Tag nur den Rawhide Canyon durchqueren und dann auf der anderen Seite die nächste Nacht verbringen wollten.

Am Mittag hatte die nun langgezogene Herde fast die Hälfte des Weges zurückgelegt, kam aber auf dem steinigen Grund der Schlucht nur langsam voran.

Big Jack Kane, Sergeant McLean, G. P. und Silas Reed mit dem Travoi hielten sich an der Spitze der Herde auf. Waco, Shorty und Chris folgten ihr mit den Pferden und einigen Nachzüglern, die nicht mehr mit der Herde Schritt halten konnten.

Die Texas-Herde passierte die Stelle, wo vor einigen Wochen die Herde von Jefferson Freeman überfallen worden war. Noch immer lagen dort die ausgebleichten Knochen einiger Pferde zwischen den Steinen. Dann entdeckte Sergeant McLean die Reste einiger menschlicher

Skelette. Die Knochen lagen verstreut im Canyon herum. Eilig wurden sie zusammengetragen, in eine Mulde gelegt und mit Steinen zugedeckt.

Die Durchquerung des Rawhide Canyons geschah ohne Zwischenfall. Nur die Abwesenheit von Billy bereitete Big Jack Kane Kopfzerbrechen. Was war mit ihm geschehen? War er in einen Hinterhalt geraten, oder hatte sich sein Pferd auf einem der Hügelpfade vertreten und sich das Bein gebrochen?

Die Spitze der Herde erreichte das Ende des Rawhide Canyons am späten Nachmittag. In einer weiten Talsenke, die sich bis zum nächsten flachen Hügelzug erstreckte, befand sich die Ruinenstadt, von der bekannt war, daß es sich um die Überreste einer spanischen Siedlung handelte.

Die Ruinen standen dicht beisammen in der langgezogenen Schleife eines Flusses, dessen sandiges Bett kein Wasser führte.

Sergeant McLean und G. P., die der Herde etwas vorausgeritten waren, erwarteten Big Jack Kane und Silas Reed bei den ersten zerfallenen Adobelehmmauern, die früher einmal eine große rechteckige Viehkoppel gebildet hatten.

»Wir sind nicht allein hier«, sagte Silas Reed nervös. »Irgendwo dort unten im Unterholz muß ein Feuer brennen.«

Der Kundschafter zeigte mit der ausgestreckten Hand zum Flußufer hinunter, wo dichtes Buschwerk wucherte.

»Es ist Rauch in der Luft«, stellte McLean trocken fest.

»Indianer?« fragte G. P. schnell.

»Kaum«, sagte McLean. »Wenn Rothäute hier wären, könnte man das riechen. Stimmt's, Silas?«

»Es könnte Billy sein, der hier auf uns wartet«, sagte Big Jack Kane.

»Warum zeigt er sich dann nicht?« antwortete Silas Reed.

»Gute Frage, Reed. Warum reiten wir nicht weiter und sehen mal nach?«

»Das mach ich allein.« Silas Reed stieg ab, warf G. P. die Zügel zu und lief davon. Sie mußten fast eine halbe Stunde auf ihn warten. Die Sonne war untergegangen, als er zurückkehrte.

»Es sind drei Weiße«, berichtete er. »Scheint, daß sie von unserer Anwesenheit noch keine Ahnung haben.«

»Na, dann wollen wir sie mal überraschen.« Big Jack Kane trieb sein Pferd an und ritt zwischen den Ruinen hindurch zum sandigen Flußufer hinunter. Sergeant McLean folgte ihm sofort. G. P. und Silas Reed blieben zurück, um auf die Herde zu warten, die jeden Moment am Ende des Canyons auftauchen sollte.

Big Jack Kane und der Sergeant hatten etwa hundert Yards zurückgelegt, als der Rancher auf eine hauchdünne Rauchsäule zeigte, die hinter einer Mauer hochstieg.

Der Sergeant hatte seinen Revolver gezogen, als er auf die Mauer zuritt. Big Jack Kane zügelte sein Pferd und hob die Winchester etwas an. Seine Blicke glitten über die Ruinen hinweg in die Büsche, aber er konnte nirgendwo eine Bewegung erkennen.

Als McLean noch einige Yards von der Mauer entfernt war, wurde er scharf angerufen. Sofort hielt er sein Pferd an und blieb ruhig im Sattel sitzen.

Ein untersetzter Mann in dunkler staubiger Kleidung trat hinter der Mauer hervor. Er hatte ein Winchestergewehr im Hüftanschlag und trug keine Revolver. Sein Kopf war kahl und glänzte im Mondlicht.

»Bevor wir Gäste empfangen, wollen wir ihnen genau unter den Hut sehen«, sagte der Mann. »Komm näher, Mister«, fuhr er fort, und die Aufforderung galt Big Jack Kane, der sein Winchestergewehr angelegt hatte und auf den Mann zielte. »Wir sind friedliche Zeitgenossen, und wir mögen es nicht, wenn jemand mit einer Kanone auf uns zielt.«

»Hier, wo mein Pferd steht, ist ein guter Platz!« erwiderte Big Jack Kane kühl.

»Ihr seid mit einer Herde unterwegs, nicht wahr? Sieben Mann?«

»Zwei Soldaten, ein Armeescout und vier Cowboys«, bestätigte der Rancher. Billy erwähnte er nicht. Es war vielleicht besser, wenn sie nicht so genau Bescheid wußten. In diesem Land mußte man vorsichtig sein, wenn man Leuten begegnete. Und die Männer, die von sich behaupteten, friedlich zu sein, waren Big Jack Kane ohnehin verdächtig.

»Und ein Travoi«, sagte der Mann mit der Winchester. »Wo, zum Teufel, kommt ihr her?«

»Brazos«, sagte Big Jack Kane. »K im Kreis, das ist meine Ranch.«

»Kane!« brüllte da eine heisere Stimme. »Zum Teufel, ich freß meine alten Socken, wenn das nicht Big Jack Kane ist.«

Hinter der Mauer erhob sich ein Mann. Er grinste über sein hageres Piratengesicht, steckte den Revolver in den Hosenbund und kam auf langen krummen Beinen auf Big Jack Kane zu.

»Ha, Kane! Erkennst du mich nicht mehr? Payton! Frank Payton von der Dolittle-Ranch. Wir haben vor drei Jahren zusammen eine Herde nach Dodge City getrieben. Erinnerst du dich?«

Big Jack Kane senkte jetzt sein Gewehr. Er musterte den hageren Mann, und plötzlich hieb er sich die linke Hand auf den Oberschenkel.

»Payton! Ja, natürlich, jetzt erinnere ich mich. Hm, drei Jahre, das ist eine lange Zeit. Einen von euch Paytons hätte ich hier, in dieser gottverlassenen Gegend, am allerwenigsten erwartet.«

»Für einen, der aus Texas kommt, ist der Rest der Welt ein kleines Stück Erde, Jack. Teufel, wie ich mich freue! He, Mink, das ist Big Jack Kane vom Brazos! Steck deinen Donnerstock weg! Jack und ich, wir sind alte Bekannte.« Der Mann mit der Glatze ließ die Winchester sinken.

Hinter der Steinmauer richtete sich noch ein Mann auf. Es war Miguel, der Mexikaner. Er hielt eine Schrotflinte in den Händen.

»Willkommen in Old Spanish Town«, lachte Payton und streckte Big Jack Kane die Hand entgegen. »Das Nest ist stinklangweilig, Jack. Nicht einmal einen einzigen Saloon gibt es hier.«

Big Jack Kane beugte sich aus dem Sattel und gab dem langen Texaner die Hand.

»Frank Payton«, sagte er kopfschüttelnd. »Wer hätte das gedacht. Mit Ohrring und zwei Revolvern. Du siehst nicht aus, als ob du noch mit einem Lasso umgehen würdest, Frank. Was tust du hier?«

Payton hakte die Daumen in seinen Waffengurt und grinste breit. »Seit ich Texas verlassen habe, saß ich in einigen heißen Sätteln, Jack. Deshalb die beiden Colts. Wir kommen von Camp Supply her. Waren oben im Norden. Anderthalb Jahre haben wir uns mit den Yankees herumgeschlagen und mindestens tausendmal verflucht, daß wir aus Texas weggegangen sind. Allmächtiger, das ist kein Leben für einen anständigen Menschen. In Montana sagen sie schon Cowboys zu Jungs, die auf einer Schaukel besser aussehen würden als auf einem Gaul. Und Manieren haben diese Yankees! Bei uns würden sie mit diesen Manieren nicht einmal die ersten Zähne kriegen, und da oben werden sie trotzdem steinalt. Jack, als ich diese Herde gesehen habe, den Staub, den ihr aufgewirbelt habt, das Dröhnen der Hufe und der ganze Lärm, da wußte ich, daß wir bald zu Hause sind. Natürlich mußten wir vorsichtig sein, denn in diesem Land hier scheint allerhand los zu sein. Hier kann man nicht einmal einem Franziskanermönch trauen, bevor man ihm nicht unter den Rock gesehen hat. Wo treibt ihr die Rinder hin?«

»Darlington-Agentur im Cheyenne-Reservat.«

»Und da treibt ihr hier durch? Auf dem Chisolm Trail wäre es einfacher und weniger weit gewesen, Jack.«

»Von meiner Ranch zum Fleetwing Store am Red River ist es beinahe doppelt so weit wie zum Medicine Creek. Außerdem weichen wir in den Tuscanora-Hügeln vom Great Western Trail ab und treiben in der Nähe von Fort Cobb über den Washita. Ziemlich flaches Land zwischen den Hügeln und Fort Reno. Und falls uns Viehdiebe auflauern wollten, wir haben Begleitschutz von unserer Armee, Frank.«

»Hoh, zwei Blaubäuche und ein Scout!« Payton lachte. »Glaubst du etwa im Ernst, daß das ausreicht?«

»Wir werden in den Tuscanora-Hügeln von einem Trupp Kavallerie erwartet, Frank.«

»Ah, das waren die Burschen, die wir gesehen haben. Ungefähr zwanzig Leute mit allem drum und dran. Lagern in der Nähe einer Ranch, die einem Mann namens Tucker gehören soll. Ich sprach mit dem Offizier, einem Lieutenant namens Morton oder so.«

»Burton«, verbesserte ihn McLean. »Und?«

Frank Payton zuckte die Schultern.

»Er fragte uns, ob wir Reitern begegnet seien, die wie Banditen ausgesehen hätten. Ich sagte ihm, daß er der erste wäre, und da wurde er ziemlich wütend.«

»Er wird noch wütender werden, wenn ich dort ankomme, Frank!« antwortete Big Jack Kane. »Können wir bei euch das . . .«

»Natürlich, Jack. Zum Teufel, das ist doch keine Frage! Du kannst mir glauben, seit langer Zeit ist dein Anblick der erste, über den ich mich freue. Wen hast du dabei?«

»Mein Sohn Chris ist dabei.«

»Chris, der Kleine, dem ich beigebracht habe, wie man mit dem Lasso umgeht, als er noch nicht einmal trocken hinter den Ohren war.«

»Du wirst ihn kaum wiedererkennen, Frank.«

»Das kann ich mir denken. Teufel, die Jahre vergehen zu schnell. Sag mal, habt ihr Schnaps dabei? Miguel, stimme deine Gitarre. Heute wird gefeiert!« Payton klatschte vor Begeisterung über das scheinbar unerwartete Wiedersehen in die Hände. Und es sah so echt aus, daß Big Jack Kane keinen Augenblick an der Ehrlichkeit seines ehemaligen Freundes zweifelte.

»Wir haben etwa eine Gallone Hostetter Brandy, Frank.

Seit einiger Zeit mußte ich billig einkaufen. Es sind nicht die besten Zeiten. Der Sommer so trocken wie ein...«

»Wie der Kuß von Lilly Pike. Was macht das Mädchen, Jack?«

»Vor acht Monaten wurde Lilly begraben«, sagte Big Jack Kane ernst. »Du erinnerst dich doch an Jefferson Freeman, der seine Ranch auf der anderen Seite des Brazos hatte. Nun, Jeff hatte eine ganze Menge Pech in diesem Jahr. Zuerst starb Lilly. Dann verlor er seine Herde, und jetzt erwischte es ihn selbst.« Big Jack Kane erzählte Frank Payton kurz vom Überfall auf Jeff Freemans Herde und von seinem Tod durch die Hand des Kiowas. Frank Payton zeigte zutiefste Betroffenheit, da er Lilly Pike selbst gut gekannt hatte, bevor sich Lilly entschloß, Jeff Freeman zu heiraten.

»Ich kann es fast nicht glauben«, sagte er kopfschüttelnd. »Lilly war noch keine dreißig Jahre alt!«

»Schwindsucht fragt nicht nach dem Alter, Frank«, erwiderte der Rancher. »Sie wußte es seit einem Jahr, und weil sie es wußte, wollte sie ihn nicht heiraten. Well, Jeff hatte in der Darlington-Agentur ein prächtiges Mädchen kennengelernt, das ihm neuen Mut gab.«

»Judy Boo...«

Mink merkte zu spät, daß er einen Namen ausgesprochen hatte, von dem er eigentlich keine Ahnung hätte haben dürfen. Camp Supply, dort, wo sie herzukommen vorgaben, befand sich mehr als hundert Meilen von der Darlington-Agentur entfernt. Big Jack Kane blickte den glatzköpfigen Mann mißtrauisch an, und wie zufällig hob er die Mündung seiner Winchester etwas an, so daß sie jetzt wieder auf Frank Payton gerichtet war.

Für einen Moment herrschte eine bleischwere Stille zwischen den Männern. Dann lachte Mink auf. »Habe ich recht, Kane? Das Weib heißt Judy Boone, nicht wahr?«

»Stimmt«, sagte Big Jack Kane. »Ich kann mir nur nicht vorstellen, daß ihr Name bis nach Montana hinauf bekannt ist. Sie scheint ein sehr einfaches Mädchen zu sein.«

»Mink ist erst in Camp Supply zu uns gestoßen, Jack. Er war mit einem Militärtransport heraufgekommen und schloß sich uns an, weil es ihn in den Süden zieht, wo Männer noch Männer sind.« Payton lachte, aber es klang nicht sehr echt. Mink grinste von einem Ohr zum anderen. Er hatte sich wieder gefangen.

»Ich war eine Zeitlang in Fort Reno, Kane. Da kennt jeder Judy Boone. Die Soldaten singen ihr nachts Lieder vor dem Fenster und bringen ihr Blumen, die sie in der Prärie pflücken. Aber bis jetzt ist es keinem von ihnen gelungen, Judy zum Altar zu führen.«

»Jeff war ein einsamer Mann, seit ihn die Viehdiebe ruiniert haben, Frank. Er war geschlagen, aber er wollte nicht aufgeben. Mit dem Lohn, den ich ihm zahlte, wollte er noch einmal von vorne anfangen. Und dabei hätte eine gute Frau helfen können.« Big Jack Kane wandte sich an Sergeant McLean, der bis jetzt schweigend auf seinem Pferd saß. »Sergeant, reiten Sie bitte zurück und sagen Sie meinem Sohn, daß wir hier die Nacht verbringen.«

»Sag Shorty auf keinen Fall, daß ich hier oben bin, Sergeant«, sagte Frank Payton. »Ich will sein Gesicht sehen, wenn er hier auftaucht und ich ihm zum Empfang auf meiner Maultrommel ein Ständchen gebe.«

*

Als Wanowah Payton beim Feuer stehen sah, zuckte sie zusammen. Chris, der sie am Arm festhielt, merkte, daß Wanowah sich sträubte weiterzugehen. »Vor denen brauchst du dich nicht zu fürchten«, lachte Chris. »Der Lange dort mit dem Ohrring, das ist ein alter Freund.«

Wanowah erkannte Frank Payton sofort. Er war bei Tucker gewesen, als sie Powderface und die anderen getötet hatten. Wanowah hatte ihn zwar nur aus der Ferne gesehen, bevor sie die Flucht ergriffen hatte, aber deutlich war ihr der blinkende Ohrring dieses Mannes in Erinnerung geblieben. Jetzt wollte sie sich befreien und davonlaufen, aber Chris hielt sie eisern fest. Frank Payton merkte sofort, daß etwas los war. Ein lauernder Ausdruck legte sich in sein hageres Gesicht. Er wollte auf Chris und Wanowah zugehen, aber in diesem Augenblick riß sich das Mädchen los. Mit einer Gewandtheit, die ihm Chris nicht zugetraut hätte, sprang es auf Frank Payton zu und warf sich auf ihn. Dabei stieß Wanowah einen gellenden Kriegsschrei aus, und in ihrer erhobenen Hand blitzte plötzlich ein Messer. Payton wich mit einem Fluch zur Seite aus. Das Messer fuhr ins Leere, und Wanowah stürzte an Payton vorbei. Als sie herumwirbelte, war Chris bei ihr. Er packte sie am Handgelenk und preßte sie mit dem anderen Arm von hinten an sich. Sie wehrte sich, aber er lockerte den Griff nicht, und schließlich gab sie erschöpft auf.

»Teufel, was ist in diese Raubkatze gefahren«, stieß Frank Payton hervor. Er war nun ziemlich blaß im Gesicht und starrte Big Jack Kane verständnislos an.

»Sie scheint dich zu kennen, Frank«, sagte der Rancher.

»Ha, ich kenne einige Indianerweiber«, schnappte Payton. »Und einige haben vielleicht Grund, mir ans Leder zu wollen. Aber die Kleine habe ich noch nie im Leben gesehen, das weiß ich gewiß.«

Silas Reed kam herüber. Er sagte etwas zu Wanowah. Wanowah antwortete ihm keuchend.

»Sie sagt, daß du ein Cheyenne-Töter bist, Payton«, sagte Silas Reed.

»Verdammt, ich weiß nicht, wovon sie redet. Wo kommt sie eigentlich her, Jack? Seit wann nimmst du Indianerweiber mit auf ein Treiben?«

»Sie gehört mir«, sagte Chris.

Payton schüttelte ungläubig den Kopf.

»Junge, paß auf, daß sie dir nicht eines Tages mit den Klauen durchs Gesicht fährt«, sagte er.

Big Jack Kane trat vor und blickte seinen Sohn mit einem strengen Blick an.

»Wo hat sie das Messer her?«

»Es ist mein Messer«, gab Chris zu. Sein Vater sagte daraufhin nichts mehr. Chris nahm Wanowah das Messer aus der Hand und führte sie zu einem der zerfallenen Mauervierecke. Beim Feuer blieb es noch einige Sekunden lang still, aber dann fielen sich Shorty und Frank Payton in die Arme. Shorty wollte es gar nicht glauben, daß sein alter Freund und Sturmgefährte aus den Zeiten vor dem Bürgerkrieg überhaupt noch lebte. Tränen der Freude liefen ihm über das Gesicht, als Frank Payton auf der Maultrommel und begleitet von Miguels Gitarre das Südstaatenlied »Dixie« spielte. Anschließend umarmten sie sich erneut, und Shorty erzählte mit glühenden Augen von ihren gemeinsamen Heldentaten. Der Zwischenfall mit Wanowah war bald vergessen. Stundenlang schwelgten die Männer in Erinnerungen an die Tage, als sie die Südstaatenuniform getragen hatten und als Kanes wilde Reiterbrigade nach Norden galoppierte, um das Weiße Haus zu erobern.

Das anfängliche Mißtrauen, das vor allem Chris und Silas Reed wachsam gemacht hatte, legte sich. So saßen sie alle am Feuer und lachten über die wüsten Kriegsgeschichten, als Billy auf seinem Pferd plötzlich zwischen den Ruinen auftauchte. Frank Payton, Mink und Miguel sprangen auf die Beine, als hätten sie auf glühender Kohle gesessen, und Frank Payton richtete sein Winchestergewehr unmißverständlich auf die dunkle Silhouette des Reiters, der am Rande des Feuerscheins sein Pferd zügelte. In diesem Moment brachte der Wind das kleine Lagerfeuer zum Auflodern, und der Flammenschein beleuchtete einige Sekunden lang das dunkle Gesicht des Comanchen.

»Heiliger Rauch, das ist Billy Lone Wolf, das rote Zahnlückenbaby!« rief Frank Payton aus. »Warum hast du nicht gesagt, daß Billy dabei ist, Jack?«

»Ich hab's selbst vergessen, weil er nämlich schon den ganzen Tag nicht mehr bei uns war«, lachte der Rancher, »und letzte Nacht schlief er auch woanders. Schön, daß es dich überhaupt noch gibt, Billy!«

Ohne ein Wort zu sagen, ritt Billy näher an das Feuer heran, und Payton, der dem Comanchen mit ausgestreckter Hand entgegenging, blieb plötzlich stehen. Sie sahen jetzt alle die Gestalt, die Billy an seinem Lasso hinter sich herzog. Es war ein junger magerer Indianer, der bis auf seine Leggins nackt war. Er stolperte, und als er stürzte, zügelte Billy das Pferd, drehte sich im Sattel um und begann, sehr freundlich und aufmunternd auf den Indianer einzureden.

»Beiß die Zähne zusammen, Junge«, sagte Billy mit aufmunternder Stimme. »Gleich sind wir bei meinen lieben alten Freunden, und wenn du schön brav bist und keine Dummheiten machst, dann wird dir kein Haar gekrümmt werden. Keine Angst, Junge, wir fressen keine Cheyenne zum Abendessen, und schon gar nicht einen, der nur noch die Haut auf den Knochen hat. Steh auf! Riechst du denn nicht den feinen Speck? Du wirst sogar deinen Bauch vollschlagen können, bis er platzt, wenn du dem Boss erzählst, was er gerne von dir erfahren will. Aber wenn du ein hartköpfiger Bursche bist wie deine Brüder, die dem guten Onkel Billy Lone Wolf eine Menge Schwierigkeiten gemacht haben, dann wirst du keinen Bissen zwischen deine Zähne kriegen, und am Morgen, wenn die Sonne kommt und der Himmel brennt, wirst du aufgehängt, bis dir Hören und Sehen vergehen.«

Der Indianer taumelte auf die Beine und blieb stehen, als Billy beim Feuer anhielt. Billy zog ihn näher heran und grinste die verdutzten Männer an.

»Heiliger Strohsack, wo hast du den her?« fragte Shorty kopfschüttelnd.

»Er hockte oben zwischen den Felsen und rupfte einen Bussard«, verkündete Billy, und er blickte dabei nur Payton an. »Hallo, Frank«, sagte er zu Payton, der die Sprache noch nicht wiedergefunden hatte. »Ich hätte geschworen, daß sie dich längst irgendwo aufgehängt haben. Wie ist es möglich, daß du noch lebst und so verteufelt gesund aussiehst?«

»Billy, alter Kumpel!« schnappte Payton. »Du hast dir

einen komischen Braten geholt! Was soll mit dem Kerl geschehen?«

»Er fühlte sich einsam da oben, und da habe ich ihn mitgenommen.«

»Einfach mitgenommen?« Shorty kicherte und erhob sich vom Feuer. Der Indianer wich erschrocken zurück. »War er denn ganz allein dort oben?«

Billy schwang sich vom Pferd und legte seinen Arm kameradschaftlich um die mageren Schultern des Indianers.

»Es waren drei, und es gelang mir leider nicht, sie alle gefangenzunehmen. Ich prügelte mich eine Weile mit den beiden anderen herum, und da rannten sie davon und ließen diesen hier allein zurück. Ich nahm ihn mit, damit er sich mit dem Boss unterhalten kann.«

»Und worüber soll er sich mit ihm unterhalten? Sag nur, daß er uns das Mädchen abnehmen will, weil es seine Schwester ist!«

»Könnte schon sein, daß er sich für das Mädchen interessiert.« Billy zog am Strick. »He, schau mal dort hinüber, Söhnchen«, forderte er seinen Gefangenen auf und zeigte zum Mauerviereck hinüber, wo Chris und Wanowah im Feuerschein nur als dunkle Gestalten zu erkennen waren. »Das ist eine von eurem Stamm. Wanowah heißt sie. Kennst du sie vielleicht?«

Beim Anblick des Mädchens zuckte der junge Cheyenne zusammen. Sofort hatte er sich jedoch wieder in seiner Gewalt, und sein Gesichtsausdruck blieb ohne Regung, als Wanowah aufstand.

Langsam ging sie auf den mageren Cheyenne zu. Chris erhob sich ebenfalls. Vor dem jungen Cheyenne blieb

Wanowah stehen. Leise sagte sie ein paar Worte zu ihm. Der Junge antwortete in der Sprache der Cheyenne.

»Was reden die beiden?« wollte Sergeant McLean sofort wissen.

»Wahrscheinlich hat sie ihm gesagt, daß sie dir gern Rattengift in den Kaffee tun würde, Sergeant«, sagte Billy. »Und er hat ihr geantwortet, daß Rattengift im Reservat genauso knapp ist wie Munition für seine Knarre, sonst hätte er dich nämlich längst ins Jenseits befördert.«

»Und warum hast du diese armen Schlucker überhaupt angegriffen?« fragte Sergeant McLean. »Ihr könnt es wohl kaum erwarten, bis euch die Skalps abgenommen werden. Und im übrigen stehen die Cheyenne auf Reservatsgebiet unter dem Schutz der Armee, und kein verrückter Comanche hat das Recht, einfach . . .«

»Die Armee stinkt«, unterbrach Billy den Sergeant scharf. »Die Armee hat uns Schutz versprochen, aber außer dir und deinem Rekruten hat sich bis jetzt kein Blaubauch gezeigt. Das heißt, daß wir mindestens bis zur Tucker-Ranch auf uns selbst angewiesen sind und uns auch selbst schützen müssen. Wie wir das tun, dürfte dir ziemlich gleichgültig sein, zumal du selbst ungeschützt wie ein ausgewickeltes Baby auf dem Präsentierteller liegst.« Billy zeigte auf seinen Gefangenen. »Das ist ein junger, bis in die Mokassins hinein wütender Cheyenne, der mit seinen Gefährten, die nicht minder wütend, hungrig und verbittert sind, sein Dorf verlassen hat, um sich zu holen, was man ihm längst versprochen hat. Sie vertrauen der Armee nicht mehr, Sergeant! Diese Krieger sind nicht mehr als hundert Meilen weit geritten, um unsere Rinder zu zählen. Geht das in deinen Kopf rein, Sergeant?«

»Ich sehe nur einen geschundenen jungen Indianer, der vor Angst fast in die Hose macht«, brüllte Sergeant McLean. »Zum Teufel, Kane, zu was soll das gut sein?«

»Das werden wir sehr bald wissen, McLean! Vorläufig sollten Sie den Mund halten, damit der Junge nicht noch wirklich in die Hose macht. Wahrscheinlich hat er noch nie einen Sergeant aus der Nähe wie einen Büffelbullen brüllen sehen, und er fragt sich bestimmt, wieso hungrige Cheyenne als Ersatz für die abgeschlachteten Büffel nicht einfach auf Blaubauch-Sergeant Jagd machen dürfen.«

»Hat er schon was erzählt?« wollte Frank Payton wissen. Seine Stimme klang lauernd. Der Indianer paßte bestimmt nicht in Tuckers Pläne. Immerhin konnte er auf Spuren gestoßen sein, die ihm zu denken gegeben hatten.

Billy verneinte die Frage mit einem Kopfschütteln.

»Mein neuer Freund und ich mußten uns beeilen. Außerdem spricht er eine Sprache, mit der wohl Reed besser zurechtkommt. Alles, was ich erfahren konnte, ist sein Name. Er ist so stolz darauf, daß er ihn in englischer Sprache auswendig gelernt hat.« Billy wandte sich an den Indianer und tippte ihm mit dem Zeigefinger gegen die Brust, während er ein Wort in der Indianersprache zweimal wiederholte.

Der junge Indianer hob den Kopf. »No Horns on his Head«, stieß er ängstlich hervor.

»Brav, mein Kleiner«, grinste Bily. »Well, die Vorstellung hat geklappt. Reed, unterhalte dich erst einmal mit ihm. Wir stellen nachher noch Fragen. Ist das richtig so, Boss?«

Big Jack Kane nickte.

»Absolut, Billy.«

Billy bedeutete seinem Gefangenen, sich beim Feuer niederzusetzen, aber da zog Mink seinen Revolver. »Zu was soll das gut sein, wenn wir dieser Rothaut irgendwelche Fragen stellen? Bestimmt ist eine ganze Bande in der Nähe und . . .«

»Die drei waren allein«, unterbrach ihn Billy.

»He, du gehst mir lieber aus dem Weg«, knurrte Mink. »Ich schaff uns die Rothaut vom Hals.«

»Du hast gehört, was Billy gesagt hat«, sagte Big Jack Kane bestimmt. »Leg dein Gewehr weg und setz dich wieder hin.«

»Bist du sicher, daß wir uns mit dieser Rothaut beschäftigen sollen, Jack?« mischte sich Frank Payton ein. »Der Kerl verstinkt uns das ganze Lager.«

»Es gibt einiges, was ich von ihm wissen will«, erklärte der Rancher.

»Zum Beispiel?«

»Zum Beispiel kann er uns vielleicht sagen, was mit Burton und seinem Trupp los ist, und ob sich zwischen hier und der Tucker-Ranch Viehdiebe aufhalten, Frank.«

»Hm, wir kamen von Norden her und sind nirgendwo auf Spuren gestoßen, Jack!«

»Ich mach die Rothaut fertig«, schnappte Mink. »Es ist unser Lager, verdammt! Kane hat hier nichts zu sagen!«

»Leg die Knarre weg!« stieß Frank Payton hervor, als er bemerkte, daß Chris ganz unauffällig seinen Revolver gezogen hatte.

»Tu, was er sagt«, forderte Chris ihn mit warnender Stimme auf. Mink fluchte, ließ aber seinen Revolver im Holster verschwinden.

Billy nahm seinem Gefangenen die Schlinge ab und

bedeutete ihm, sich am Feuer hinzusetzen. Er schnitt ihm ein Stück Fleisch vom Rest des Hirsches, den Chris am Tag zuvor geschossen hatte. »Iß!« forderte Billy den Cheyenne auf.

Siles Reed sagte etwas in der Sprache der Cheyenne zu ihm. Der junge Indianer senkte den Kopf und sagte mit zitternder Stimme leise ein paar Worte, die nur der Kundschafter verstehen konnte.

»Was hat er gesagt?« fragte Big Jack Kane.

»Er sagt, daß er sich auf den Tod vorbereitet und nicht essen will.«

»Sag ihm, daß ihm kein Haar gekrümmt wird, solange er mein Gefangener ist«, sagte Billy.

Silas Reed sagte etwas zu dem Indianer, aber dieser hob nicht einmal den Kopf. Er murmelte etwas vor sich hin, und Silas Reed übersetzte.

»Er sagt, daß es ihm nichts ausmacht zu sterben.«

»Worauf warten wir dann noch!« fuhr Mink auf.

»Frag ihn, was er und seine Freunde hier suchen und wie viele Cheyenne das Reservat verlassen haben«, sagte Chris Kane.

Reed fragte den Indianer, der ihm zögernd antwortete.

»Es waren nur drei, und sie wollten sich vergewissern, daß man sie nicht wieder angelogen hat und daß tatsächlich eine Herde gefleckter Büffel unterwegs zur Agentur ist.«

»Frag ihn, ob er in den Hügeln Soldaten gesehen hat!«

Silas Reed stellte dem Gefangenen die nächste Frage. Der junge Indianer redete daraufhin lange und erregt auf den Kundschafter ein. Dabei zeichnete er mit den Händen Bilder in die Luft, deutete mit einer Kopfbewegung auf

Sergeant McLean. Plötzlich sprang er auf und zeigte nach Norden, während er weiterredete. Silas Reeds Gesicht verfinsterte sich zunehmend, bis der junge Cheyenne schließlich abbrach.

Mit geballten Fäusten, jeder Muskel in seinem abgemagerten Körper angespannt, als wollte er im nächsten Moment mit einem Hechtsprung einen Weißen anfallen, stand der junge Cheyenne da. Einen Augenblick lang herrschte Stille. Nur das Knistern des Feuers war zu hören.

Sergeant McLean räusperte sich. »Was hat er gesagt, Reed?« fragte er.

Silas Reed befahl dem Cheyenne, sich wieder hinzusetzen. Aber der Cheyenne dachte nicht daran zu gehorchen. Er wollte wie ein Krieger sterben, und das bedeutete, sein Leben so teuer wie möglich zu verkaufen. Mit einem Satz sprang er über das Feuer hinweg, drehte sich blitzschnell um, stieß seinen Fuß in die lodernden Flammen und schleuderte den aufspringenden Männern brennende Holzstücke und glühende Asche entgegen. Im nächsten Moment fiel er G. P. an, riß ihn nieder und zog ihm blitzschnell einen Revolver aus dem Futteral. Mit einem gellenden Kriegsschrei warf er sich herum.

Der Armeerevolver in seiner Hand krachte, und die Kugel fauchte dicht an Frank Paytons Schulter vorbei und grub sich in Miguels Brust. Der Mexikaner taumelte auf die Beine, stolperte vorwärts und geriet Chris Kane in den Weg, als sich dieser auf den Cheyenne werfen wollte. Sie stürzten beide, und der Mexikaner fiel ins Feuer. Eine Funkenwolke hob sich, und Frank Payton feuerte mit seiner Winchester auf den hochspringenden Cheyenne.

Die Kugel traf ihn in die Brust, stieß ihn so hart herum, daß er das Gleichgewicht verlor und zusammenbrach. »Verdammt!« fluchte Frank Payton. Er ging mit schußbereiter Winchester auf den Cheyenne zu, der regungslos am Boden lag. Shorty zog den toten Mexikaner aus dem Feuer. Als Chris aufsprang, lud Payton seine Winchester durch. »Payton!« rief Chris, und er stürzte auf Payton zu, der breitbeinig über dem Cheyenne stand. Im nächsten Augenblick krachte die Winchester in seinen Händen. Der junge Cheyenne bäumte sich am Boden auf, bevor sich sein magerer Körper zitternd ausstreckte.

»Eine Rothaut weniger«, sagte Frank Payton und drehte sich um. In diesem Moment stürzte Wanowah auf Frank Payton zu, und es gelang Chris nicht mehr, ihr den Weg zu verstellen. Erst im letzten Augenblick bemerkte Payton den dunklen Schatten, der lautlos auf ihn zu flog. Er wirbelte herum, wich Wanowah mit einem schnellen Schritt aus und schlug sie mit dem Lauf seines Gewehres nieder. Wanowah stürzte schwer, und Frank Payton richtete das Gewehr mit einem Fluch auf das Mädchen.

»Verdammt, ich . . .«

Frank Payton brach ab, als Chris einige Schritte entfernt den Revolver spannte.

»Laß das Gewehr fallen, Payton!« befahl er schneidend.

Payton riß den Mund auf. »Versuch's lieber nicht, Chris«, stieß er beinahe tonlos hervor.

»Tu, was er sagt, Frank!« fuhr ihn Shorty an. Und Waco zog seinen Revolver und richtete ihn auf Mink. »Und du hältst dich besser raus, Mann!«

»Jack, wir sind alte Freunde«, sagte Frank Payton beschwörend. »Sag deinem Sohn, er soll vernünftig sein und seinen Colt einstecken.«

»Ich glaube nicht, daß Chris auf mich hören würde, Frank«, antwortete Big Jack Kane und wuchtete sich mühsam an seinen Krücken hoch. »Wir wollen uns jetzt mal anhören, was uns Silas Reed zu erzählen hat!«

Shorty hatte nun ebenfalls seinen Revolver gezogen.

»Ich glaube, das Spiel ist jetzt aus, Frank«, sagte er zu Payton.

»Ich weiß nicht, was du hast, Shorty«, erwiderte Payton aufgebracht. »Miguel ist tot, verdammt! Glaubst du, daß ich mich einfach von einer Rothaut erschießen lassen soll, nur weil dieser dämliche Blaubauch nicht aufpassen kann?«

G. P. saß leichenblaß am Boden und schaute hilflos zu Sergeant McLean auf.

»G. P. trifft an dem, was passiert ist, keine Schuld«, knurrte McLean.

»Laß deine Knarre fallen, Frank!« befahl Big Jack Kane.

Payton hob die Schultern. »Gut, Jack«, sagte er, und er warf das Winchestergewehr zu seinem Zeug beim Feuer. »Unsere Freundschaft ist mir mehr wert als ein toter Cheyenne.«

Big Jack Kane schob mit dem Ende des Krückstockes ein paar Äste ins Feuer, damit es heller wurde und er Frank Payton besser in die Augen sehen konnte.

»Frank, ich habe zwar den Cheyenne nicht verstanden, aber ich glaube, daß ich mir trotzdem einen Reim machen kann. Wann sollen deine Freunde angreifen, Frank?«

Payton gab sich Mühe, ein dummes Gesicht zu machen und schüttelte dabei verständnislos den Kopf.

»Freunde? He, Jack, bist du verrückt geworden? Ihr seid alle verrückt, zum Teufel. Erst werde ich von einem Mädchen mit dem Messer angegriffen, und dann dreht diese Rothaut durch und . . .«

»Frank, es ist an der Zeit, daß uns Reed einiges erklärt«, unterbrach Big Jack Kane den langbeinigen Texaner. Dann wandte er sich an den Kundschafter. »Sag uns, was dir der Cheyenne gesagt hat, Reed.«

Wanowah, die halb über dem jungen Cheyenne lag, als könnte sie ihn mit ihrem Leib vor den Kugeln aus Paytons Gewehr schützen, begann plötzlich leise zu wimmern.

»Er ist tot«, sagte Billy wütend. »Er war mein Gefangener, Payton. Ich versprach ihm, daß ihm nichts passieren wird.«

»Sag uns, was du von ihm erfahren hast, Reed«, forderte Big Jack Kane den Kundschafter auf.

»Dieser Cheyenne hat gesagt, daß er mehrere Männer gesehen hat, die am Ende des Tales darauf warten, uns die Herde abzunehmen«, erklärte der Kundschafter ruhig. »Einer dieser Männer, ein Mann namens Tucker, sei für den Tod einiger junger Cheyenne verantwortlich, die vor einigen Tagen unschuldig getötet wurden.«

»Das geschah am Buffalo River«, sagte Sergeant McLean. »Burton war mit einem Trupp unterwegs. Sergeant Lee war bei ihm. Sie erwischten ein paar Cheyenne mit einem toten Pferd, das Tucker gehörte. Tucker hat die Cheyenne im Beisein von Burton niedergeschossen.«

»Einer soll sogar aufgehängt worden sein«, fügte G. P. hinzu.

»Na und, was haben wir damit zu tun, zum Teufel?« fauchte Mink.

»Der Cheyenne sagte auch, daß alles eine verdammte Lüge sei und daß die Cheyenne nie ein Rind zu sehen kriegen, weil die Blaubäuche mit diesem weißen Mann zusammenarbeiten und die Rinder woanders hingetrieben würden, damit die Cheyenne alle vor Hunger sterben.«

»Das ist alles schön und gut, Reed, aber damit haben wir wirklich nichts zu tun«, sagte Frank Payton. »Wir sind auf dem Weg nach Süden. Jack, du kennst mich. Shorty, wie lange sind wir zusammen geritten? Und du, Waco, du glaubst doch nicht, daß ich . . .«

»Ich will wissen, wann deine Freunde kommen, Frank«, unterbrach ihn Big Jack Kane eisig.

»Ich weiß nicht, wovon du redest, Jack?« stieß Payton wütend hervor. »Du glaubst, daß wir hier auf euch gewartet haben, und mit einigen Viehdieben, von denen wir bis jetzt keine Ahnung hatten, unter einer Decke stecken? Zum Teufel, überleg doch mal! Was für einen Sinn hätte es, hier auf euch zu warten, wenn wir einen Hinterhalt stellen könnten. Ich weiß nicht, was dieser Cheyenne erzählt hat, aber ich kenne keinen Tucker, und . . .«

»Aber ich kenne Tucker«, fuhr der Sergeant hart dazwischen. »Und allmählich wird mir jetzt einiges klar! Kane, es könnte gut sein, daß Tucker Lieutenant Burton aufgehalten hat.«

»Schlimmer, McLean«, sagte Big Jack Kane finster. »Ich vermute sogar, daß dieser Tucker und Burton aus irgendwelchen Gründen dieses Geschäft miteinander machen wollen.«

»Ein Offizier und ein Viehdieb unter einer Decke. Das glaube ich . . .«

»Es wird sich bald herausstellen, ob ich recht habe oder nicht. Im Augenblick ist es wichtiger herauszufinden, wann Franks Freunde hier aufkreuzen.«

»Bestimmt haben sie ein Zeichen verabredet, Vater«, sagte Chris. »Vielleicht ein paar Schüsse.«

»Schüsse?« Shorty, der mit seinem Colt auf Mink zielte, lachte spöttisch auf. »Wenn es Schüsse sind, dann hat ihnen der Cheyenne sozusagen das Zeichen gegeben.«

»Das glaube ich nicht«, meinte Silas Reed. »Sie hätten nicht einfach herumballern können, ohne daß wir Verdacht geschöpft hätten.«

»Immerhin war Franks Freude über das unverhoffte Wiedersehen groß«, wandte Chris ein. »Wo sich Texaner treffen, wird gefeiert. Hätte da einer versucht, mit dem Colt den Mond zu durchlöchern, wäre das kaum als Signal aufgefallen.«

»Ihr seid alle verrückt«, knurrte Frank Payton. »Was sollten wir denn mit einer Herde anfangen, die uns nicht gehört? Rinder mit deinem Brandzeichen kriegen wir nirgendwo los, Jack!«

»Es sei denn, eine ganz bestimmte Armeepatrouille arbeitet mit euch zusammen, Frank!« sagte Big Jack Kane. »Das würde einiges erklären, nicht wahr? Zum Beispiel wäre es dann gewiß kein Rätsel mehr, wie Jefferson Freemans Herde spurlos vom Reservatsgebiet verschwinden konnte.«

Frank Payton senkte einen Moment den Kopf. Niemand sagte ein Wort. Als Payton wieder aufblickte, hatte er die Lippen fest zusammengepreßt.

»Frank, du weißt, was wir mit Viehdieben machen«, sagte Shorty leise.

Payton holte tief Luft und warf Mink einen Blick zu. Der Glatzkopf duckte sich plötzlich, und seine Hand fuhr zum Revolver.

»Zur Hölle mit dir, Kane!« brüllte er, und dabei zog er blitzschnell den Revolver und schoß. Seine Kugel verfehlte die große Gestalt des Ranchers. Zu einem zweiten Schuß kam Mink nicht mehr, denn Chris feuerte aus der Hüfte und traf Mink in die rechte Schulter. Der Aufprall des Geschosses stieß Mink herum. Er ließ die Winchester fallen und brach zusammen. Er wand sich vor Schmerzen, bis er schließlich das Bewußtsein verlor.

Frank Payton wagte es nicht, sich vom Fleck zu rühren. Der Widerschein des Feuers beleuchtete sein Gesicht, aus dem alle Farbe gewichen war. Er starrte Big Jack Kane mit zusammengepreßten Lippen verzweifelt an.

»Nun, Frank?« fragte der Texas-Rancher noch einmal. »Wann sollten sie kommen?«

»Jack, es war alles falsch«, brach es aus Payton hervor. »Von allem Anfang an wußte ich, daß . . .«

Weiter kam Frank Payton nicht mehr, denn Billy fuhr plötzlich herum.

»Sie sind in der Nähe, Boss!« zischte er. »Du hast recht gehabt, Chris, die Schüsse waren das Signal.«

Chris lief zu Wanowah hinüber und packte sie am Arm. Sie versuchte sich zu befreien, aber er ließ sie nicht los. Er zog sie weg vom Leichnam des Cheyenne und aus dem Feuerschein in den Schatten einer Mauer.

KAPITEL 9

Der Hinterhalt

Nichts deutete darauf hin, daß jemand in der Nacht herumschlich und sich im Schutze der Büsche und Ruinen dem Lager näherte. Kein Geräusch war zu hören, keine Bewegung zu erkennen. Trotzdem zweifelte Big Jack Kane nicht daran, daß Billy durch seinen Instinkt gewarnt worden war. Ruhig und mit leiser Stimme gab er die notwendigen Anordnungen.

Shorty zog seine Weste und sein Hemd aus, während Sergeant McLean sich seiner Uniformjacke entledigte. Billy richtete den toten Cheyenne in sitzende Stellung auf. Mit einiger Mühe zogen sie ihm Shortys Kleidungsstücke an und stülpten den breitrandigen Stetson auf seinen Kopf.

Dem toten Mexikaner war McLeans Uniformjacke zu groß, aber von einiger Entfernung und im schwachen Flammenschein fiel es kaum auf.

Die beiden Toten wurden dicht nebeneinander an das Feuer gesetzt. Billy band Mink die Füße zusammen und drehte ihn auf den Bauch, mit dem Kopf zum Feuer, so daß es aussah, als wäre er dabei, in die Glut zu blasen.

Frank Payton saß entwaffnet und gefesselt ziemlich unglücklich am Feuer und versuchte nicht mehr, Big Jack

Kane von seiner Unschuld zu überzeugen. Auf seinem Gesicht glitzerte Schweiß, und als irgendwo in der Nacht ein Kojote kläffte, zuckte er zusammen.

»Wenn das ein Kojote ist, bin ich ein Ochsenfrosch«, brummte Sergeant McLean Payton an. Dieser gab ihm keine Antwort.

G. P., Silas Reed und Waco bezogen ihre Stellungen zwischen den Ruinen. Als Billy mit seiner Arbeit fertig war, nahm er sein Gewehr und ging zu den Pferden, die einige Yards entfernt in einem Mauerviereck standen.

Shorty lief zu einer kleinen Anhöhe hinüber und versteckte sich in den Büschen. Er hatte eine Sharps und seine Winchester mitgenommen. Von hier aus konnte er mit der weittragenden Sharps bis zum Anfang des Rawhide Canyons, jenseits der Ruinenstadt, hinüberschießen. Außerdem befand er sich in der Nähe der Herde und konnte so zu verhindern versuchen, daß es den Viehdieben gelang, an die Rinder heranzukommen und eine Stampede auszulösen.

Chris kauerte bei Wanowah in einer kleinen Gebäuderuine. Seit der junge Cheyenne getötet worden war, hatte sie kein Wort mehr gesprochen.

Am Feuer blieb Big Jack Kane zurück. Er nickte Payton über die Flammen hinweg zu. Sein Gewehr lag neben ihm, und seine rechte Hand war immer in der Nähe des Revolverkolbens. Er goß eine Tasse voll heißen Kaffee und reichte sie Payton, der sie mit gefesselten Händen ergriff und dann sofort fallen ließ, als er sich daran die Finger verbrannte.

»So leicht verbrennt man sich die Finger, Frank«, sagte Big Jack Kane.

Payton preßte die Lippen zusammen. Regungslos saß er zwischen den Toten und wagte es nicht, Big Jack Kane anzusehen.

»Erzähl mir etwas, Frank«, forderte ihn der Rancher auf. »Erzähl mir, wie es kommt, daß sich ein ehrlicher Texas-Cowboy einer Bande von Viehdieben anschließt. Dafür muß es doch einen höllisch guten Grund geben, Frank.«

Payton starrte schweigend ins Feuer.

»Ich kann es mir nicht erklären, Frank«, sagte der Rancher und begann eine Zigarette zu drehen. »Ich kenne viele Schufte, die einen Grund dafür haben, auf dem anderen Weg zu reiten. Aber ich kann mir nicht erklären, was dich dazu getrieben hat, Frank. Bankraub oder Eisenbahnüberfälle würde ich begreifen. Aber Viehdiebstahl, das ist etwas, was ich nicht verstehen kann. Du hast jahrelang geschuftet und dein Geld ehrlich verdient. Nie habe ich etwas Schlechtes über dich gehört. Wir haben zusammen Rinder getrieben. Tausend Meilen weit nach Norden. Wir kämpften gegen Indianer und Viehdiebe, und wir haben sie aufgeknüpft, wo wir sie erwischten. Zum Teufel, Frank, wie kann ein Mann, der im Sattel geboren wurde, das alles vergessen?«

»Schweig, Jack!« zischte Payton. »Hör auf mit deiner Predigt und laß mich in Ruhe.«

»Frank, es gab eine Zeit nach dem Krieg, als es uns allen dreckig ging. Damals hätte ich es sogar begriffen, wenn du so etwas getan hättest. Damals hätte ich kein Wort gesagt. Du warst so verdammt jung damals. Trotzig und hart, wie es Chris heute ist. Wir haben deine Eltern und deine Schwester begraben, und dann kam noch die Nachricht, daß dein Bruder Tom nur mit einem Arm aus dem Krieg heimkehren würde. Das waren schlimme Zeiten, Frank, aber du hast sie hinter dich gebracht, und wir waren alle stolz auf dich. Was ist geschehen?«

Payton hob den Kopf. Sein hageres Gesicht mit den tagealten Bartstoppeln sah im flackernden Feuerschein aus wie eine Maske. Seine dunklen Augen glühten.

»Erzähl mir deine Geschichte«, forderte ihn Big Jack Kane noch einmal auf.

»Erinnerst du dich an Larry, Jack?« fragte Payton leise.

»Larry Elliott? Der Junge mit dem Banjo?«

»Ja. Wir ritten zusammen weg. Wir wollten die Welt sehen. Erinnerst du dich?«

Big Jack Kane nickte. »Was ist mit Larry?«

»Er ist tot, Jack. Man hat ihn in einem kleinen Nest aufgehängt. Wir arbeiteten für einen Rancher, dem laufend Vieh gestohlen wurde. Man verdächtigte uns beide, weil wir fremd waren. Du kennst Larry, Jack. Er hätte sich eher die Hand abgeschlagen, als irgendwem etwas zu nehmen, was ihm nicht gehörte. Larry war ein grundehrlicher Bursche, und er schwor, auf eigene Faust nach den verschwundenen Rindern zu suchen. Er fand den Mann, der die Drahtschlingen besaß, mit denen unser Brandzeichen gefälscht worden war. Das Pech war nur, daß dieser Mann im Ort ein angesehener Bürger war, vor dem die anderen die Hüte zogen. Man glaubte Larry nicht. Man drehte den Spieß um, und sie schrien alle auf uns beide ein. Auch der Mann mit der Drahtschlinge. Larry gingen die Nerven durch, und plötzlich fiel der Mann mit einem sauberen Loch im Schädel um. Sie sperrten uns ein, aber der Sheriff dort konnte die rechtschaffenen Bürger nicht aufhalten, als sie das Gefängnis stürmten. Sie zwangen mich, Larry den Strick um den Hals zu legen. ›Tu's nicht, Frank!‹ hatte er gebrüllt. ›Laß sie selbst diese Drecksarbeit tun!‹« Payton machte eine kurze Pause und atmete tief. »Ich tat es, Jack, weil sie mir versprachen, daß sie mir einen Vorsprung von zwei Stunden geben würden. Sie hielten wenigstens das Versprechen. Und als ich wieder richtig im Kopf war, traf ich auf einen Mann, der Jim Tucker heißt. Wir ritten zurück und schossen dort, wo sie mich gezwungen hatten, Larry zu töten, auf alles, was sich bewegte. Das war vor zwei Jahren, Jack. Und seither bin ich bei ihm und seiner Bande.«

Payton brach ab und starrte zu Boden.

»Ist dieser Jim Tucker dort draußen?« fragte Big Jack Kane in die Stille hinein.

»Ja. Er und ein Dutzend Männer, die sich nicht vor Tod und Teufel fürchten.«

Big Jack Kane schwieg. Er lauschte in die Nacht hinaus. Alles war ruhig. Aber sie waren da. Sie schlichen sich lautlos wie Indianer heran, denn sie wollten den Überfall schnell ausführen und die Herde nicht erschrecken.

»Kannst du dir das vorstellen, Jack? Kannst du dir vorstellen, wie er mich angesehen hat? Es war die Hölle, Jack. Damals war ich zu schwach, um es nicht zu tun. Ich wollte leben, und ich hatte Angst, sie würden mich ebenfalls aufhängen. Larry konnte das nicht begreifen.«

»Wer ist Jim Tucker?« wollte Big Jack Kane wissen.

»Er kam vor einiger Zeit aus dem Osten hierher und baute in den Tuscanora Hills seine Ranch, die er als Schlupfwinkel benützt. In jedem dreckigen Spiel, das hier gespielt wird, hat er die Finger drin. Er hat Beziehungen zur Armee. Er kennt Regierungsleute. Er glaubt, daß er ganz schnell eine Menge Geld verdienen kann, wenn die Indianer die Reservate verlassen und es dadurch zum Krieg kommt.«

»Hast du gewußt, daß ich es bin, der die Herde treibt?«

Frank Payton zögerte. Dann nickte er.

»Ich warnte sie vor dir, Jack. Aber Tucker lachte nur. Wir sollten dich hier erwarten und das Wiedersehen feiern. Zum Teufel, Jack, als ich dich sah und dann Shorty und die anderen, da ist mir beinahe schlecht geworden. Aber ich stecke zu tief drin in dieser Sache, und wenn ich einmal so was wie Respekt vor mir selbst hatte, dann verlor ich den am Tag, als Larry starb. Nur heute abend, als wir hier alle zusammensaßen, hoffte ich die ganze Zeit, daß etwas schief gehen würde. Und als Billy den Indianer brachte, dachte ich, daß ich eigentlich verdammt viel Glück hätte. Ich wußte, daß du Tuckers Plan durchschauen würdest, und alles, was ich dann noch wollte, war, wegzureiten und meinen Hals zu retten.«

Eine Weile schwiegen beide Männer. Ganz in der Nähe schrie ein Käuzchen.

»Ein Zeichen?« fragte Big Jack Kane leise.

»Davon weiß ich nichts. Vielleicht war es ein Käuzchen.«

»Es war ein Mensch, Frank.«

»Cheyenne?«

»Wenn es nicht einer von euch war, dann muß es ein Indianer gewesen sein.«

Plötzlich tauchte bei den Pferden Billy auf. Wie ein Schatten glitt er an einer Mauer entlang, verschwand hinter einigen Büschen und kam dann zum Feuer gelaufen.

»Indianer«, flüsterte er Big Jack Kane zu. »Bald tut sich hier die Hölle auf, Boss.«

»Hast du eine Ahnung, wie viele es sein könnten, Billy?«

»Ein Dutzend. Zwei Dutzend. Wer weiß?« Billy verschwand so lautlos wie er gekommen war in den Büschen. Big Jack Kane spähte über die Mauer hinweg in die Nacht hinaus. Der Mond war aufgegangen. Die Ruinen warfen schwarze Schatten über die Büsche und den Boden. Ein kühler Wind, der aus dem Rawhide Canyon kam, wehte durch das Tal.

»Warst du dabei, als Freemans Herde überfallen wurde?« fragte Big Jack Kane plötzlich.

»Ja. Wir taten uns mit einigen Comanchen zusammen. Nach dem Überfall trieben wir die Herde nach . . .«

»Verdammt, warum hältst du nicht die Klappe, Frank«, keuchte Mink, dessen Gesicht von der Hitze des Feuers gerötet war. »Warum fällst du nicht vor ihm auf die Knie und bettelst um Gnade oder was. Ich könnte kotzen, wenn ich dich höre, Payton, und falls wir hier lebend davonkommen, dann möchte ich nicht in deiner Haut stecken.«

»Wenn du hier lebend davonkommst, Glatzkopf, sorge ich dafür, daß du den Rest deines Lebens hinter Gittern verbringst«, sagte Big Jack Kane kalt. »Ich könnte mir aber vorstellen, daß meine Jungs etwas dagegen einzuwenden haben. Wir hängen Viehdiebe auf! Das ist unser Gesetz!«

»Für mich zählen sie nicht. Und du wirst mich auch nicht jammern hören, verlaß dich darauf. Ich könnte dir auch eine herzerweichende Geschichte erzählen, aber ich tu's nicht.«

»Du bist einer von der ganz harten Sorte, wie?«

»Nein, Kane, aber ich sterbe lieber, als vor dir zu kriechen!«

»Glaub nur nicht, daß ich mich für irgend etwas entschuldigen will«, sagte Payton. »Jack, ich wollte dir nur sagen, was mit Larry und mit mir passiert ist, damit daheim jemand Bescheid weiß. Und wenn Mink sagt, daß es ihm nichts ausmacht, wenn ihr ihn aufknüpft, dann ist das seine Sache. Mich hängt ihr nicht auf, Jack. Niemals! Das lasse ich nicht zu!«

»Es gibt hier sowieso keine Bäume, die dazu geeignet sind. Kiefern eignen sich nicht gut dazu.« Mink lachte gehässig auf. »Wenn sie angreifen und merken, was hier los ist, schießen sie auf alles, was beim Feuer sitzt. Du brauchst dir den Kopf nicht zu zerbrechen, wie du in die Hölle fährst, Payton.«

»Dein Freund hat wahrscheinlich recht«, sagte Big Jack Kane. »Ich glaube, es wird jetzt Zeit, daß ich euch allein lasse.«

»Hau ab, Kane!« stieß Mink hervor.

Payton blickte in die Augen des Ranchers.

»Was hältst du davon, mir trotz allem einen Gefallen zu tun, Jack?« fragte er.

Big Jack Kane hob die Brauen. »Was willst du?«

»Binde mich los und gib mir ein Gewehr!«

Mink versuchte sich am Boden umzudrehen, damit er Payton sehen konnte. Big Jack Kane stieß ihn an. »Bleib liegen!« befahl er ihm.

»Verdammt, Kane, wenn du ihn losbindest, dann mußt du gerecht sein und mich auch . . .«

»Ich dachte, du hängst nicht an deinem Hundeleben?«

unterbrach ihn Big Jack Kane. Er beugte sich vor, zog sein Messer und schnitt die Fesseln an Frank Paytons Händen und Füßen durch. Wortlos steckte er das Messer wieder ein.

Minuten verstrichen. Frank Payton stand auf und holte sein Gewehr. Dann kauerte er beim Feuer nieder und legte einige Äste in die Flammen.

»Damit sie nicht denken, daß wir schon schlafen«, sagte er leise.

»Dort liegen deine Revolver«, sagte Big Jack Kane und zeigte zur Stelle, wo seine Sachen lagen.

»Du meinst, daß ich . . . Hör mal, Jack, ich könnte dich niederschießen und dann davonrennen.«

»Ich glaube nicht, daß du weit kommen würdest, Frank!« antwortete Big Jack Kane gelassen.

*

Chris Kane lehnte mit dem Rücken an der Mauer. Wanowah saß ihm gegenüber. Sie hörten leise die Stimmen der Männer am Feuer, verstanden aber nicht, was gesprochen wurde.

»Glaubst du, daß es Little Wolf ist, der die Cheyenne hergebracht hat?« fragte Chris das Mädchen.

Wanowah blickte auf, gab ihm aber keine Antwort.

»Kennst du Little Wolf überhaupt? Ich habe ihn gesehen und mit ihm gesprochen. Er will die Cheyenne zurückbringen in ihre Heimat im Norden. Ich glaube nicht, daß ihm das gelingen wird. Die Soldaten werden ihn aufhalten, sobald er das Reservat verläßt.«

Jetzt kniff Wanowah die Augen etwas zusammen.

»Die Cheyenne werden kämpfen, bis der letzte von ihnen tot ist«, sagte sie scharf.

»Ja, das befürchte ich«, sagte Chris.

»Warum denkst du darüber nach? Es sind nicht deine Leute, die sterben. Es sind nur Cheyenne. Es sind nur Indianer. Niemand trauert um sie, wenn wir nicht mehr da sind. Niemand wird fragen, was geschehen ist und wohin wir gegangen sind. Unsere Heimat ist im Norden. Nur die Alten sehnen sich nach ihr, weil sie dort sterben wollen, wo sie gelebt haben und wo die Erde bereit ist, sie aufzunehmen. Ich sterbe hier oder dort. Es macht mir nichts mehr aus.«

»Du wirst weder hier noch dort sterben, Wanowah. Dafür werde ich schon sorgen.«

»Und wie willst du das anstellen?«

»Ich nehme dich mit mir, wohin ich auch gehe.«

»Das geht nicht.«

»Warum geht das nicht?«

»Dort, wo du hingehst, ist *deine* Heimat. Ich gehöre nicht dorthin.«

»Wo ist deine Heimat, Wanowah?«

»Nirgendwo. Die Cheyenne haben keine Heimat mehr.«

»Dann werde ich dir meine Heimat geben.«

Wanowah blickte ihn verständnislos an.

»Meine Heimat ist groß genug für dich und für mich«, sagte Chris bestimmt, und dann begann er Wanowah vom Brazos River zu erzählen, von der Ranch und von seiner Mutter, die während des Krieges gestorben war. Und er erzählte ihr alles, was ihm in den Sinn kam, und sie unterbrach ihn nicht ein einziges Mal, bis er fertig war.

»Jetzt habe ich dir mein ganzes Leben erzählt«, sagte er abschließend. »Hast du mir überhaupt zugehört?«

Wanowah lächelte.

»Ich habe zugehört«, sagte sie.

»Erzähle mir von dir«, forderte er sie auf.

Das Lächeln verschwand aus ihrem Gesicht.

»Ich kenne den Mann, der Tucker heißt«, sagte sie. »Als wir hierher in dieses Reservat gebracht wurden, kam er in unser Dorf. Er brachte uns Decken und Tabak und andere Geschenke. Er war unser Gast. Als wir anfingen, krank zu werden, hetzte er uns gegen White Head auf. Wir sollten zur Agentur gehen und ihn töten und alle Gebäude in Brand stecken. Unsere Häuptlinge haben damals lange beraten. Dann entschieden sie sich dafür, abzuwarten und dem Großen Weißen Vater in Washington zu vertrauen, aber der hat uns im Stich gelassen. Wir hätten besser dem Mann vertraut, der Tucker heißt.«

KAPITEL 10

Die Rächer

Big Jack Kane zog sich an seinem Krückstock hoch. Groß und wuchtig stand er im Flammenschein und blickte auf Mink nieder, auf dessen Glatze der Schweiß glänzte. Krummgebunden kniete er neben dem toten Cheyenne und dem toten Mexikaner am Feuer.

Billy Lone Wolf kam am Feuer vorbei.

»Gleich geht's los«, raunte er Big Jack Kane zu und ging wieder zum Platz, wo die Sattelpferde untergebracht waren.

Frank Payton, der Mink gegenübersaß, blickte auf.

»Geh schon, Jack!« drängte er den Rancher.

»Ich verlange nicht von dir, daß du hier sitzenbleibst, Frank«, antwortete Big Jack Kane.

»Wenn's losgeht, bleibe ich bestimmt nicht sitzen!«

»Du fährst mit der ersten Kugel in die Hölle, Payton«, zischte Mink.

Big Jack Kane drehte sich um. Er humpelte auf eine zerfallene Mauer zu, als plötzlich die ersten Schüsse krachten. Mündungsblitze zuckten durch die Nacht. Kugeln trafen die beiden Toten am Feuer. Der Mexikaner fiel vornüber in die Flammen. Funken stoben hoch. Mink brüllte eine Warnung, die jedoch für Tuckers Männer zu spät kam. Überall zwischen den Ruinen gingen Gewehre und Revolver los. Big Jack Kane hatte sich hinter der Mauer in Deckung geworfen und zog seinen großen alten Revolver. Während er auf die Schatten schoß, die sich den Ruinen näherten, sah er, wie Frank Payton aufsprang und geduckt auf eine Gebäuderuine zulief. Dabei schoß er mit seinem Winchestergewehr. Einige Schritte von Big Jack Kane entfernt, warf sich der langbeinige Texaner in den Staub.

Pausenlos krachten jetzt Schüsse. Die Pferde, bei denen sich Billy Lone Wolf befand, jagten in panischer Angst im Mauerviereck herum, und auch die Rinderherde geriet in Bewegung. Staub trieb wie Bodennebel durch die Nacht. Waco tauchte plötzlich im Staub auf. Er saß auf einem tänzelnden Pferd, das er nur mit Mühe zügeln konnte.

»Die Herde läuft zurück zum Rawhide Canyon, Boss!« rief er Big Jack Kane zu. »Wir müssen ihr den Weg verlegen!«

Chris, der neben Wanowah kauerte, sprang auf und lief zum Feuer, wo sein Sattel lag. Ungeachtet der Schüsse, hob er ihn auf und rannte mit ihm zum Pferdecorral. Hastig sattelte er eines seiner Pferde auf und galoppierte mit Waco in die Nacht hinaus, um die Herde davon abzuhalten, zum Rawhide Canyon zurückzulaufen.

Der Kampf beim Lager dauerte an. Erst als es Waco und Chris gelungen war, die Spitze der Herde in eine andere Richtung zu lenken, schien es, als ob weniger Schüsse fielen.

»Komm, wir reiten zurück, bevor der ganze Spaß vorbei ist«, rief Waco Chris zu. Sie jagten zum Lager zurück, und als sie dort ankamen, waren die Schüsse verstummt.

»Sie ziehen sich zurück, Boss!« rief Shorty, während er sein Winchestergewehr auflud.

»Was ist mit der Herde, Chris?« wollte Big Jack Kane wissen.

»Die verstreut sich in der Senke, Boss«, rief Waco und schwang sich vom Pferd.

»Wir haben drei oder vier von ihnen erwischt«, sagte Sergeant McLean stolz und wischte sich den Schweiß vom Gesicht.

»Die geben jetzt bestimmt auf«, sagte G. P. hoffnungsvoll.

Frank Payton richtete sich hinter einer Mauer auf. Er hatte eine Schramme an der Stirn. Sein Gesicht war blutverschmiert.

»Tucker gibt niemals auf!« sagte er. »Beim nächsten Angriff kann es für uns ziemlich ungemütlich werden, falls sie die Dynamitstangen mitgenommen haben.«

»Dynamit?« Shorty, der dabei war, sein Büffelgewehr zu laden, spuckte einen Strahl Tabaksaft in die Feuersglut und blickte Payton grimmig an. »Bist du sicher, daß sie Dynamit dabei haben?«

»Wir hatten eine Kiste davon im Lager bei Tuckers Ranch. Ich weiß nicht, ob sie sie mitgenommen haben. Tucker rechnete bestimmt nicht damit, daß etwas schief gehen könnte.«

»Wie weit ist es von hier zur Ranch?« fragte Big Jack Kane.

»Drei Meilen vielleicht. Schwieriges Gelände. In der Nacht brauchen sie für die Strecke mehr als eine Stunde. Es bleibt uns also etwas Zeit, uns auf den Höllenspektakel einzurichten.«

Chris, der noch auf seinem Pferd saß, machte seinen Vater auf eine Gestalt aufmerksam, die keine fünfzig Schritte entfernt am Boden lag.

»Siehst du den Burschen dort, der auf dem Bauch liegt?«

»Was ist mit ihm?«

»Er lag vorher dort bei der Mauer.«

Shorty hob sofort seine Sharps. Er zielte kurz und feuerte dann auf die Stiefel des Mannes. Im Echo des Schusses warf sich ein Junge hoch, dessen Gesicht vor Entsetzen und Todesangst entstellt war. Er schien nicht verletzt zu sein und hatte keine Waffe in den Händen, als er sie über den Kopf streckte.

»Nicht schießen!« schrie er mit sich überschlagender Stimme. »Bitte, ich will nicht sterben! Ich ergebe mich!«

»Das ist Cole Peacock«, erklärte Payton schnell. »Er kocht für uns, Shorty. Der Junge ist noch nicht einmal sechzehn Jahre alt.«

»Aber schon schlau genug, sich tot zu stellen«, sagte Big Jack Kane. »Sag ihm, daß er herkommen soll.«

Payton rief den Jungen heran. Er näherte sich ängstlich und mit erhobenen Händen. Vor der Mauer blieb er stehen.

»Bitte!« preßte er hervor. »Ich war heute zum ersten Mal dabei. Der Boss meint, es ist Zeit, daß aus mir ein Mann wird. Frank, du weißt, daß ich nie . . . daß ich nur für euch kochte!«

»Steig über die Mauer, Junge!« befahl Big Jack Kane.

Cole Peacock kletterte herüber und kauerte sich neben Payton nieder. Er zitterte wie Espenlaub im Wind und streckte bittend die Hände aus.

»Frank, sag ihnen, daß . . .« Er bemerkte Billy Lone Wolf und vergaß vor Schreck, weiterzureden. Shorty grinste ihn schief an.

»Wir wissen Bescheid, Söhnchen«, sagte er nicht unfreundlich. »Well, ich glaube, es gibt da ein altes Sprichwort, und das heißt ›mitgegangen, mitgefangen‹ oder so.«

»Ich habe aber nicht geschossen«, sagte der Junge verstört. »Ich wollte sogar davonrennen, aber hinter mir krachte es, und ich glaubte, ich wäre tot. Da habe ich mich einfach hingelegt.«

Shorty lachte auf. Billy tippte dem Jungen gegen die Schulter, und er fuhr erschrocken herum.

»Mitgefangen, mitgehangen«, sagte der Comanche. »So heißt es richtig. Sollen wir ihn gleich aufhängen, Boss?«

»Ich habe eine Schwester in Missouri, und der würde ich gern einen Abschiedsbrief schreiben«, bat der Junge mit erstickter Stimme.

»Beantworte mir erst einige Fragen«, sagte Big Jack Kane streng. »Habt ihr Dynamit dabei?«

»Im Lager bei der Ranch, Sir. Etwa drei Meilen von hier.«

»War Tucker bei euch?«

»Nein, Sir. Er wollte sich die Sache vom Hügel dort drüben aus ansehen und später nachkommen, wenn die Luft rein ist. Das hat er gesagt, Sir.«

»Ich bin Jack Kane, und wenn du andauernd Sir zu mir sagst, wird unser Blaubauch dort eifersüchtig!«

»Ich bin Cole Peacock, Sir.« Der Junge machte eine Verbeugung. »Ehrlich, Sir . . . eh, Mr. Kane, ich habe nicht geschossen. Ich hatte nur einmal einen Colt in der Hand. Einer hat ihn mir ausgeliehen, und ich wollte eine Büchse treffen. Alle haben gelacht.«

»Mach dir nichts draus, Cole. Wenn du mal den Dreh raus hast, schießt du den Fliegen die Augen aus dem Kopf.«

Big Jack Kane humpelte zu dem Jungen und legte ihm die Hand auf die Schulter. »Leg dich flach auf den Bauch, wenn wieder Kugeln fliegen.«

»Das werde ich nicht tun, Sir.«

»Was dann?«

»Mit dem Gewehr bin ich gut, Sir. Auf zweihundert Yards treffe ich ein Kaninchen. Stimmt's, Payton?«

Big Jack Kane schüttelte den Kopf. »Warum hast du dann kein Gewehr mitgenommen?«

»Ich wußte, daß wir nicht Kaninchen schießen würden, Mister Kane. Da habe ich es im Scabbard gelassen, und niemand hat etwas gesagt.«

Big Jack Kane grinste. »Okay, Cole, dort liegen Gewehre.« Er zeigte zum Feuer, wo die Toten lagen. Cole Peacock ging auf sie zu, blieb aber plötzlich stehen.

»Sind die wirklich tot, Sir?« fragte er unsicher.

Big Jack Kane nickte. Da ging der Junge um den Leichnam des Mexikaners herum, bückte sich und hob eine Winchester auf. Mink, der bis jetzt wie tot beim Feuer gelegen hatte, richtete sich plötzlich fluchend auf. Der Junge sprang erschrocken zurück, stolperte über die ausgestreckten Beine des toten Cheyenne und fiel hin.

»Bist du sicher, daß der nicht besser mit der Bratpfanne umgehen kann als mit einem Gewehr, Boss?«

*

»Gibt es vielleicht eine Abkürzung von hier zu Tuckers Ranch, Frank?« fragte Big Jack Kane den langbeinigen Texaner.

Payton schüttelte den Kopf.

»Aber man könnte dem, der das Dynamit holt, den Rückweg abschneiden. Das ist die einzige Möglichkeit, die wir haben.«

»Wo befindet sich die Ranch?«

»Am Talende in einem Sackcanyon. Es führt nur ein Weg dorthin; ein alter Indianerpfad.«

»Ich kann ihn auf dem Rückweg abfangen, Vater«, sagte Chris und blickte den Rancher dabei ernst an.

Big Jack Kane stand auf seinen Stock gestützt vor seinen Männern. In seinem Gesicht arbeitete es. Tatsache war, daß Tuckers Banditen, und wenn es inzwischen auch nur noch sechs oder sieben waren, mit dem Dynamit allerhand erreichen konnten. Die Explosionen hätten wahrscheinlich sogar die Herde in Panik versetzt. Big Jack Kane wollte nicht einmal daran denken, was dann passieren würde.

Schließlich nickte Big Jack Kane seinem Sohn zu. »Okay, versuch es, Chris«, sagte er, und seine Stimme klang besorgt.

Payton trat vor. »Ich kenne den Weg, Jack«, sagte er. »Ich gehe mit ihm!«

Billy grinste von einem Ohr zum anderen.

»Bist du scharf darauf, von deinen Freunden erschossen oder von einigen Cheyenne massakriert zu werden, Amigo?«

»Mir ist es wohler, wenn ich mitgehe, als hier darauf zu warten, daß mir Dynamitstangen um die Ohren fliegen,

Billy. Du kannst uns ja begleiten, dann kann überhaupt nichts mehr schief gehen. Die beobachten uns von dort drüben am Hang im Schatten der Bäume. Wir kommen nur dann ungesehen von hier weg, wenn es uns gelingt, im Schutze der Herde das Flußbett zu erreichen.«

»Dann wollen wir nicht lange warten«, sagte Chris Kane.

Er schwang sich vom Pferd, zog seine Stiefel aus und streifte dem toten Cheyenne die Mokassins von den Füßen. Er zog die Mokassins an, schnallte den Waffengurt ab und steckte seinen Colt in den Hosenbund.

Mink begann, Frank Payton zu beschimpfen. Payton drehte sich um. »Er braucht dringend eine Narkose«, sagte er und zog seinen linken Colt.

»Eines Tages zieh ich dir das Fell über die Ohren, du verfluchter Verräter!« stieß Mink hervor.

»Auf den Tag wirst du lange warten müssen«, gab Payton trocken zurück.

»Cole, versuch ihm die Schulter zu verbinden. Er verliert Blut.«

Cole Peacock ging zum Feuer und kauerte bei Mink nieder. Payton empfahl dem Jungen, Minks Hemd in Streifen zu reißen und ihn mit diesen zu verbinden.

»Du hast Glück, Mink«, sagte der Junge, als er die Wunde sah. »Falls man dich in Fort Reno nicht zum Tode verurteilt, kommst du mit einem steifen Arm davon.«

*

Jim Tucker postierte seine restlichen Männer am Hang über den Ruinen der Stadt und schickte Joe Tapp zur Ranch zurück, um das Dynamit herzuholen. Von seinen fünfzehn Männern waren ihm nur noch acht verblieben, aber Tucker wußte, daß seine Chancen nicht schlecht waren, wenn es ihm gelang, die Herde in Stampede zu versetzen. Dazu brauchte er nicht mehr als ein paar Stangen Dynamit, und die sollte ihm Joe Tapp herbeischaffen, während er und die anderen dafür sorgten, daß keiner von den Texas-Cowboys aus der Ruinenstadt herauskam.

Joe Tapp war ein ausgezeichneter Reiter. Er brauchte bis zur Ranch nur etwa zwanzig Minuten. Dort packte er die Dynamitstangen in zwei Leinenbeutel, schnallte sie am Sattel seines Pferdes fest und machte sich sofort auf den Rückweg. Der schmale Indianerpfad führte über dem Talgrund ein Stück weit dem Felsgrat entlang. Aber Tapp besaß ein ausgezeichnetes und trittsicheres Pferd, das in der Nacht sehen konnte wie eine Katze. Unten im Tal wurde es etwas schwieriger, denn der Pfad führte mitten durch ein Dickicht von Büschen und Bäumen. Tapp kam nur sehr langsam vorwärts.

Als vor ihm die ersten Ruinen auftauchten, trieb er sein Pferd hart an. Er bemerkte die beiden Gestalten nicht, die links und rechts des Pfades auf ihn warteten. Als sie aus den Büschen sprangen und sich auf ihn stürzten, war es schon zu spät. Er versuchte zwar noch, den Revolver zu ziehen, aber da wurde er schon gepackt und aus dem Sattel gerissen. Sein Pferd stieg, keilte aus und traf Joe Tapp mit einem Hufschlag im Magen. Wie ein Taschenmesser klappte der Bandit zusammen, und Chris hatte keine Mühe, ihm mit dem Revolverlauf den Rest zu geben.

Frank Payton hatte unterdessen die Zügel des Pferdes gepackt und versuchte, das erregte Tier zu beruhigen. Es tänzelte schnaubend zurück, und Payton benötigte seine ganze Kraft, das Pferd festzuhalten, während Chris einen der Leinensäcke aufschnitt.

Dicke rote Stangen fielen heraus. Chris pfiff durch die Zähne.

Payton hatte unterdessen das Pferd bestiegen und stülpte den Hut von Joe Tapp auf seinen Kopf.

»Mit fünf Stangen blase ich alle in die Luft, Chris«, sagte er leise.

»Steig ab! Das ist keine Sache, die du alleine erledigen kannst. Deine Freunde dort drüben passen höllisch auf, und wenn sie merken, daß du es bist, der auf seinem Pferd hockt, schießen sie dich in Stücke.«

»Gib mir die Stangen, Chris! Zum Teufel, sie sind bestimmt schon ungeduldig!«

Am Hang, jenseits der Ruinen, rief eine heisere Männerstimme halblaut nach Joe Tapp. Payton drehte sich eine Zigarette, riß ein Streichholz an und gab sich in den hohlen Händen Feuer.

»Mach schon, Chris!« drängte er. »Das ist meine Sache! Ich reite mitten in sie hinein und werfe ihnen die Stangen zu. Bevor sie merken, daß die Zündschnüre brennen, bin ich schon außer Reichweite.«

»Die erkennen dich, bevor du nahe genug an sie herangekommen bist«, warnte Chris. »Außerdem solltest du noch eine Zeitlang leben und dich schämen, wie es sich gehört.«

Payton grinste. »Ich werde ohnehin steinalt, Chris. Heute ist nicht der Tag, an dem ich sterbe.«

»Steig ab, Frank«, sagte Chris bestimmt. »Wir gehen zu Fuß und nehmen die Stangen mit!«

»Warum, zum Teufel, verdirbst du mir den Spaß, Chris?« knurrte Frank Payton grimmig.

»Was du tun willst, ist reiner Selbstmord, Frank! Steig jetzt endlich ab, bevor Tucker einen von ihnen herschickt, um nachzusehen, was los ist.«

Payton nickte.

»Okay«, sagte er und beugte sich aus dem Sattel und zog dabei blitzschnell den Revolver. Chris konnte es nicht sehen, weil er damit beschäftigt war, die Dynamitstangen in seinen Gürtel zu stecken. »Wenn du meinst, ich lasse mich von dir aufhalten, bist du auf dem Holzweg, mein Freund«, sagte Payton.

Chris erstarrte. Langsam hob er den Kopf und blickte in das grinsende Gesicht Paytons und versuchte dem Hieb mit dem Revolver auszuweichen. Aber das schaffte er nicht mehr. Der Lauf traf ihn an der Schläfe. Chris fiel ohnmächtig auf sein Gesicht. Mit flatternden Fingern hob Payton einige Stangen auf und steckte sie in den Gürtel, so daß sie mit dem Boden nach oben herausragten. Er brauchte sie nun nur noch herauszuziehen, an die brennende Zigarette zu halten und unter Tuckers Männern zu verteilen.

Mit einem Satz war er im Sattel und gab dem Pferd die Sporen. Er ritt langsam zwischen den Ruinen hindurch und auf den Hang zu, wo seine ehemaligen Freunde eigentlich Joe Tapp erwarteten. Er passierte eine kleine Gebäuderuine, als vor ihm plötzlich mehrere Gestalten auftauchten.

Wenn ihr alle so schön beisammen bleibt, hätte auch eine Stange gereicht, dachte Payton und zügelte im Schatten einer Mauer sein Pferd.

»Hast du Dynamit?« fragte Jimmy Fox, ein Junge, dessen unschuldiges Sommersprossengesicht auf mehreren Steckbriefen abgebildet war. »Wenn wir jetzt vorwärts machen, kriegen wir noch 'nen Hut voll Schlaf, bevor der Morgen graut.«

Frank Payton zog eine Dynamitstange aus dem Leibgurt.

»Ich habe eine ganze Menge davon, Jimmy«, sagte er undeutlich.

»He, gib mir auch eine«, sagte Fred Davis, ein entflohener Sträfling, der auf seiner Flucht einen Gefängniswärter kaltblütig niedergeschlagen hatte.

»Moment, Fred«, sagte Payton und hielt das Ende der schwarzen Zündschnur gegen die Glut seiner Zigarette, bis sie zu glühen anfing und plötzlich Funken sprühte.

»He, mach keinen Mist, Joe!« rief Al Jones, und seine Augen wurden auf einmal kugelrund und groß. »Das Ding kann in die Luft gehen, glaub es mir!«

»Fröhliche Weihnachten, Boys«, sagte Frank Payton. Im nächsten Moment hatte er zwei weitere Dynamitstangen in der Hand und hielt die Zündschnüre gegen die Glut der Zigarette. Sofort fingen sie Feuer.

Die Männer standen wie erstarrt vor Frank Payton. Und Payton strahlte seine ehemaligen Komplizen an. Er mußte warten. Wenigstens so lange, bis sich die Glut bis auf einen Fingerbreit an die Stangen herangefressen hatte. Die Sekunden schienen ihm Stunden. Unendlich langsam brannten die Zündschnüre ab.

»Bist du übergeschnappt!« stieß Jim Fox plötzlich hervor und hob beschwörend seine Hände. »Wirf die Dinger weg, verdammt!«

»Gleich kriegst du eine zwischen die Zähne, Jimmy«, gab Frank Payton etwas gepreßt zurück, aber in diesem Moment erkannte ihn Al Jones.

»Teufel, das ist doch gar nicht Joe!« rief er. »Das ist Payton!« Im nächsten Moment warf er sich flach auf den Bauch.

»Achtung, Dynamit!« rief Payton, als wäre er in einem Bergwerksstollen als Sprengwarner eingesetzt. Die anderen reagierten jetzt auch und warfen sich hin. Die erste Dynamitstange fiel einige Schritte von ihnen entfernt ins Gras. Rauch stieg auf. Einen Moment lang sah es aus, als wäre die Zündschnur erloschen, aber dann explodierte die Stange mit einem ohrenbetäubenden Krachen, das die Erde erzittern ließ. Eine grelle Stichflamme blendete Frank Payton, der sein Pferd hart antrieb. Aber das erschreckte Tier scheute und stieg jäh, als es von Erdschollen und Steinen getroffen wurde. Das Echo der Detonation rollte durch den Rawhide Canyon wie ein tosender Fluß, dessen wilde Wasser einen Damm durchbrochen hatten. Es gelang Payton, das Pferd in seine Gewalt zu bringen. Er riß es herum, um auf die Ruine zuzureiten, wo die anderen Banditen im Hinterhalt lagen, aber in diesem Moment tauchte auf dem Hügelrücken ein Reiter auf, den Payton sofort erkannte. Es war Tucker, der auf seinem schwarzen Pferd saß und das Gewehr aus dem Sattelschuh zog.

Payton schleuderte die zweite Stange zu den Ruinen hinüber. Sie explodierte in der Luft.

»Payton!« brüllte Tucker in das Echo der Detonation hinein. »Für deinen Verrat bezahlst du in der Hölle!«

Tucker legte an und schoß, als Frank Payton mit der dritten Dynamitstange zum Wurf ausholte. Die Kugel traf ihn in die Brust und warf ihn im Sattel zurück. Die Dynamitstange entfiel seiner Hand. Das Pferd sprang mit einem Mal an und raste den Hang entlang auf den Anfang des Rawhide Canyons zu. Oben auf dem Hügel feuerte Jim Tucker ein zweites und ein drittes Mal.

Er traf das Pferd, das sich mitten im Lauf überschlug. Payton flog in einem hohen Bogen aus dem Sattel und landete krachend im Gestrüpp. In diesem Moment explodierte die dritte Dynamitstange. Eine gewaltige Feuerlohe schoß zum Himmel auf und beleuchtete für einen Augenblick Tuckers Gestalt auf dem Hügel.

»Holt das Dynamit!« brüllte er seinen Männern zu, die am Hang in Deckung lagen.

»Hol's doch selbst!« schrie einer von ihnen zurück.

Frank Payton kroch aus dem Gestrüpp zum toten Pferd hinüber. Die Schmerzen raubten ihm beinahe den Verstand. Mit letzter Kraft gelang es ihm, einige Stangen aus dem Sack zu nehmen. Über den Leib des toten Pferdes hinweg sah er, wie sich ihm einige von Tuckers Männern näherten. Geduckt liefen sie durch die Büsche auf das tote Pferd zu. Payton zog mit zitternden Fingern ein Streichholz aus seiner Westentasche und riß es am Sattelleder an. Als er mit der flackernden Flamme eine Zündschnur anbrennen wollte, entglitt das Streichholz seinen kraftlosen Fingern. Es fiel in das dürre Gras, das sofort zu brennen anfing. Payton versuchte zwar noch, das Feuer zu ersticken, indem er sich in die Flammen rollte und sie mit seinem Körper bedeckte, aber die Glut fraß sich unter ihm weiter, als er die Besinnung verlor und regungslos neben dem toten Pferd liegen blieb. Die Finger seiner rechten Hand umklammerten noch immer eine Dynamitstange.

Payton lag auf dem Bauch und das Feuer breitete sich schnell nach allen Richtungen aus.

*

Als Tuckers Männer die drohende Gefahr erkannten, war es schon zu spät. Die Dynamitstange in Paytons Hand explodierte. Die Männer, die bis auf wenige Schritte an das tote Pferd herangekommen waren, wurden von der Luftdruckwelle zurückgeworfen. Erde prasselte auf sie nieder. Feuer schoß durch die Nacht, und plötzlich begannen an verschiedenen Stellen die Büsche zu brennen. Die Männer sprangen auf und wollten die Flucht ergreifen, aber weitere Explosionen in rascher Folge warfen sie nieder. Die Nacht wurde vom Feuer taghell erleuchtet. Beizender Pulverrauch trieb durch das Tal, und der Rauch hob sich in dichten schwarzen Wolken zum Himmel.

Jim Tucker, der das Schauspiel vom Hügel aus beobachtete, wußte, daß sein Plan nicht aufgegangen war. Zornerfüllt mußte er zusehen, wie seine Männer versuchten, dem Feuer zu entrinnen. Die meisten von ihnen waren verletzt. Einige von ihnen brannten lichterloh wie Fackeln und rollten schreiend den Abhang hinunter. Andere rannten kopflos in die Nacht hinaus. Ihre Pferde, die sie hinter einer Bodenwelle zurückgelassen hatten, rissen sich los und ergriffen die Flucht. Im Talgrund geriet die Herde jäh in Bewegung. Tucker konnte von seinem Standort aus sehen, wie die Texas-Cowboys ihre Deckung bei den Ruinen verließen und versuchten, die Rinder von einer wilden Flucht abzuhalten. Das gelang ihnen nur für einige Minuten. Als aber auch in der Nähe der Ruinen Feuer ausbrach, geriet die Herde in Stampede. Dicht gedrängt jagten die Rinder den Weg zurück, dem entfernten Talende entgegen, während sich hinter ihnen das Feuer in rasender Schnelle ausbreitete. Überall entstanden neue Brandherde im dürren Gras. Auch zwischen den Ruinen der alten Stadt begann es plötzlich zu brennen.

Big Jack Kane, dem Shorty in aller Eile ein Pferd gesattelt hatte, zog sich in den Sattel. Shorty machte den Rancher auf die Gestalt eines Reiters aufmerksam, der sich in einiger Entfernung auf einer Hügelkuppe dunkel gegen den Sternenhimmel abhob.

»Wetten, daß das dieser Tucker ist, Boss«, knurrte Shorty und spuckte einen Strahl Tabaksaft in einen brennenden Busch.

Big Jack Kane trieb sein Pferd hart an und galoppierte zwischen den Brandstellen hindurch auf den Hang zu, der zum Hügel hinaufführte. Shorty folgte ihm dichtauf, aber am Anfang des Hügels zügelte der Rancher sein Pferd.

»Kümmere dich um die Herde, Shorty«, befahl er dem Cowboy. Ohne Widerrede lenkte Shorty sein Pferd in die Richtung, in der die Herde geflohen war.

Big Jack Kane verharrte einige Minuten lang auf seinem tänzelnden Pferd. Er konnte die Gestalt auf dem Hügel von hier aus nicht mehr sehen, aber er bemerkte einen Reiter, der durch die Büsche auf ihn zugaloppierte. Es war sein Sohn Chris.

»Warum bist du nicht bei den anderen und versuchst die Herde davon abzuhalten, zum Brazos zurückzulaufen?« rief ihm Big Jack Kane entgegen.

»Wanowah ist davongelaufen!« antwortete Chris scharf und zügelte hart sein Pferd.

»Vielleicht läuft sie mit unseren Rindern durch die Nacht«, gab der Rancher zurück. »Chris, ich erwarte, daß du dich um unsere Herde kümmerst und das Mädchen . . .«

»Willst du, daß Wanowah diesem Tucker und seinen Banditen in die Hände fällt, Vater?«

»Es sind einige Cheyenne dort draußen, Chris. Das Mädchen weiß, was es tut. Es kommt dort draußen gut zurecht, glaub mir. Bestimmt ist es mit den Cheyenne schon auf dem Weg zum Dorf.«

»Wanowah gehört mir, Vater!« schnappte Chris.

»Wanowah gehört niemandem, Chris!« entgegnete Big Jack Kane. »Sie ist ein Cheyenne-Mädchen, das nicht bei uns bleiben will. Begreifst du das denn nicht, Chris?«

Chris setzte den Hut wieder auf. Er schüttelte den Kopf und blickte zum Hügel hoch.

»Sie hat niemand mehr bei den Cheyenne. Ihre Eltern sind tot. Der ganze Stamm ist dem Untergang geweiht! Daran wird sich auch nichts ändern, wenn die Cheyenne unsere paar Rinder erhalten. Wanowah weiß selbst, daß sie zusammen mit ihren Leuten in Gefangenschaft sterben wird, wenn sie zur Agentur zurückkehrt.«

»Und wenn sie mit uns ginge, Chris? Würde sie leben wollen?«

»Ja, sie wird leben, Vater!« stieß Chris hervor.

Hart zog er sein Pferd herum und gab ihm die Sporen. Er ritt dem Hang entlang in nordöstlicher Richtung. Im Gras konnte er schwach den Indianerpfad erkennen, der durch die Tuscanora-Hügel führte.

*

210

Wanowah geriet bald außer Atem. Keuchend kauerte sie in einer Mulde und starrte über die Büsche hinweg in die Richtung, in der sich der Nachthimmel rot färbte und Wolken von Funken und Rauch durch das Tal trieben. Die Rinderherde war in Stampede geraten und rannte in entgegengesetzter Richtung davon. Wanowah war sicher, daß ihr niemand folgte. Die Cowboys mußten versuchen, die Herde aufzuhalten, bevor die Rinder die weiten Ebenen erreichten und sich verstreuten.

Einige Minuten verharrte Wanowah in der Mulde. Dann lief sie weiter, dem Ende des Canyons entgegen. Aber schon nach kurzer Zeit gewahrte sie eine schattenhafte Gestalt, die flink und lautlos neben ihr auftauchte. Die Gestalt war ein junger leichtfüßiger Cheyenne. Lautlos wie ein Wolf lief er durch die Büsche.

»He, Mädchen«, rief er Wanowah zu. »Erinnerst du dich an mich? Ich bin Fools Crow, der Bruder von Little Elk, der mit dir und seinen Freunden zusammen war, als ihn die Weißen aufhängten.«

»Ich erkenne dich«, keuchte Wanowah. Sie blieb stehen, und da sah sie den anderen Cheyenne durch den Schatten des Hügels laufen, der sich hinter ihnen steil zum Nachthimmel hob.

Fools Crow streckte seine Hand aus.

»Komm mit uns«, sagte er. »Wir werden einen Weißen töten!«

»Wer ist es?« fragte Wanowah.

»Der Mann, der Jim Tucker heißt. Kommst du mit, Wanowah?«

Ohne eine Antwort abzuwarten, lief er davon. Der andere Junge folgte ihm, und Wanowah zögerte einen Moment, aber dann lief sie hinter den beiden her, obwohl sie kaum mehr die Kraft dazu hatte und ihr der Atem fehlte, um mit ihnen Schritt zu halten.

*

Mit starrem Gesicht saß Jim Tucker im Sattel seines schwarzen Wallachs auf dem Hügel, und er wußte in diesem Moment, daß er alles verloren hatte.

Als er sah, wie Big Jack Kane auf sein Pferd stieg und mit einem seiner Cowboys zusammen aus der Ruinenstadt galoppierte, riß Tucker seinen Wallach mit einem Fluch herum und ritt im Schutze der Büsche und Bäume davon.

In seinem Kopf wirbelten die Gedanken durcheinander wie aufgescheuchte Fledermäuse in einer dunklen Höhle. Er achtete kaum auf den Weg, dem er folgte, und er überhörte auch den Ruf des Käuzchens, der nicht weit von ihm erscholl.

Während Tucker zornerfüllt durch die Nacht ritt, versuchte er, Ordnung in seine Gedanken zu bringen. Er suchte nach dem Fehler, durch den das ganze Unternehmen gescheitert war, aber er konnte ihn nicht finden. Er wußte nur, daß ihn Frank Payton verraten hatte. Ausgerechnet Payton, auf den immer Verlaß gewesen war. Und am Ende hatten ihn seine Männer im Stich gelassen. Es blieb ihm jetzt nichts anderes mehr zu tun, als zum Ende des Rawhide Canyons zu reiten und Burton zu warnen. Bestimmt war der Lieutenant schon dorthin unterwegs, wo er der Herde, wie geplant, am frühen Morgen auflauern wollte, um Tuckers Männer als Viehdiebe zu entlarven und niederzuschießen, damit alle Mitwisser beseitigt waren und er als der große Held die Herde mit seinen Soldaten zur Darlington-Agentur treiben konnte, wo dann Frank Payton als Big Jack Kanes Vormann aufgetaucht wäre, um sich das Geld für die dreihundert Rinder auszahlen zu lassen.

Da im Reservat niemand Big Jack Kane oder seine Leute persönlich kannte, wäre das Geschäft unter Aufsicht von Lieutenant Burton in kürzester Zeit abgewickelt worden, und Tucker hätte das Geld einige Stunden später auf seiner Ranch in den Tuscanora-Hügeln in Empfang nehmen und mit Frank Payton teilen können. Es war ein guter Plan, und eigentlich hätte nichts schief gehen dürfen. Tuckers Enttäuschung verwandelte sich nach und nach in eine schreckliche Wut, und er hätte schon beinahe platzen können, als er endlich am Ende des Canyons ankam. Er zügelte auf einer Anhöhe sein Pferd. Vor ihm breitete sich nach Norden hin eine zerklüftete Ebene aus, durchzogen von breiten sandigen Flußbetten und tiefen Rissen. Das Licht des Mondes lag wie ein schmutziges Leichentuch über dem Antlitz dieses Landes.

Burton mußte von Norden her kommen, aber soweit Tucker auch sehen konnte, es rührte sich nichts auf der Ebene, und es war auch kein Geräusch zu hören außer dem leisen Rauschen des Windes.

Tucker schwang sich aus dem Sattel und führte sein Pferd in den Schatten einiger Felsen, zwischen denen sich ein ausgetrockneter Wassertümpel befand. Ein Ochsenfrosch quakte. Er hörte es nicht. Es fiel ihm nicht einmal auf, daß das Käuzchen dem Ochsenfrosch antwortete.

Tucker nahm seine Kantine vom Sattel und trank einen Schluck. Es gab sonst kein Wasser hier. Die Erdkruste zerfiel unter seinen Stiefelsohlen, als er durch die Mulde ging und sich erschöpft auf einen verwitterten Baumstamm setzte.

Erneut quakte der Ochsenfrosch. Dieses Mal ganz in der Nähe. Tucker hörte es, und mit einem Mal wußte er, daß er sich nicht allein hier zwischen den Felsen befand. Er ließ die Kantine am Riemen zu Boden gleiten und zog seinen Revolver.

Langsam richtete er sich auf. Er blickte gehetzt zu den Felsen hinüber, aber dort stand nur sein Wallach mit hängendem Kopf. Niemand war zu sehen, und kein Geräusch konnte er vernehmen, und trotzdem spürte er deutlich die Gefahr, heimtückisch wie ein Raubtier, das im Schatten unbeweglich sein schutzloses Opfer belauerte.

Tucker spannte den Hammer seines Revolvers. Rechts von ihm befanden sich einige Dornbüsche. Der Wind spielte mit dürren Blättern. Ein Schatten glitt durch das Gestrüpp. Tucker schoß. Die Kugeln schlugen gegen die Felsen dahinter und jaulten als Querschläger durch die Mulde.

Als das Echo der Schüsse verhallt war, war es wieder totenstill.

Nichts geschah.

Tucker stand mit gespreizten Beinen neben dem Baumstamm, den Colt schußbereit in der Hand. Er spürte, wie ihm der kalte Schweiß von der Stirn perlte, und er hörte den dröhnenden Pulsschlag, mit dem sein Blut durch die Adern gejagt wurde.

»Verdammt, wer ist da?« kam es keuchend über seine Lippen.

Sein Pferd war durch die Schüsse erschreckt worden

und ein Stück weit davongelaufen. Er konnte nur den hinteren Teil des Wallachs sehen, in einer Lücke zwischen den Felsen.

Tucker entschloß sich, die Mulde zu verlassen und nach Norden zu reiten. Irgendwo würde er bestimmt auf Burton stoßen. Langsam setzte er sich in Bewegung.

Als er die Felsen erreichte, hinter denen sein Pferd stand, blieb er stehen und drehte sich um. Da sah er mitten in der Tümpelmulde wie ein Geist eine Gestalt stehen. Das Mondlicht beleuchtete sie von der Seite, und Tucker konnte erkennen, daß es sich bei ihr um ein Mädchen handelte. Ein Cheyenne-Mädchen.

»Gottverdammt, wo kommst du denn so plötzlich her?« stieß er hervor und hob den Revolver.

»Ich bin dir gefolgt, Tucker«, antwortete ihm eine leise Stimme, die fast wie ein Hauch im Wind schwebte.

»Und wer bist du?« fragte Tucker argwöhnisch.

»Wanowah«, sagte das Mädchen. »Ich war bei den jungen Jägern, die du ermordet hast.«

Tucker erinnerte sich plötzlich an die jungen Cheyenne, die Kojotenfleisch in ihr Lager bringen wollten. Die hohlwangigen Gesichter wurden ihm so lebendig, als wäre die Zeit seit jenem heißen Nachmittag stehengeblieben.

»Ich habe dich bei den Jungen nicht gesehen«, sagte er. »Komm her, Mädchen, ich tu dir nichts.«

»Und warum hast du dann den Revolver in der Hand?«

»Oh, ich dachte, es sind Kojoten in der Nähe. Mein Pferd ist unruhig geworden.« Tucker steckte den Revolver weg. »Sag, Mädchen, du bist nicht vielleicht einer Kompanie Soldaten begegnet?«

»Nein. Wartest du hier auf Soldaten?«

»Ich glaube nicht, daß ich noch lange warten werde.«
Tucker ging langsam auf das Mädchen zu. »Was tust du
hier ganz allein in der Nacht? Deine Leute sind bestimmt
alle in der Nähe der Agentur und warten auf die Herde
aus Texas.«

»Ich bin nicht allein«, antwortete das Mädchen, und
kaum hatte es ausgesprochen, vernahm Tucker hinter sich
ein Geräusch. Seine Hand fuhr zum Griff des Revolvers,
und er wollte sich herumwerfen, aber in diesem Moment
fielen zwei Schatten über ihn her und warfen ihn zu Boden. Der Colt in Tuckers Hand ging los, aber die Kugel
ging fehl. Ein Schlag traf Tuckers Handgelenk und lähmte
seinen Arm und seine Hand. Gleichzeitig verspürte er
einen stechenden Schmerz in seiner Brust. Mit einem
Fluch schleuderte er einen Schatten von sich und warf sich
hoch. Dabei entfiel der Colt seiner schlaff gewordenen
Hand. Er hatte plötzlich den Geschmack von Blut im
Mund, und als ihn die Schatten erneut ansprangen, hatte
er nicht mehr die Kraft, sie abzuschütteln. Sie rissen ihn
nieder, und als er am Boden lag, legten sie ihm blitzschnell
eine Rohhautschlinge um den Hals. Tucker merkte, wie
ihm die Kehle zugeschnürt wurde, und er versuchte verzweifelt einzuatmen, aber nach wenigen Sekunden
wurde ihm schwarz vor den Augen, und die Stimme des
Mädchens drang wie durch Nebel an sein Ohr.

»Wir sind die Rächer der Cheyenne, Tucker«, sagte die
Stimme. »Du wirst jetzt sterben.«

Tucker taumelte auf die Beine, und als sich die Schlinge
etwas lockerte, begann er keuchend um Gnade zu betteln.
Aber die jungen Cheyenne-Krieger zerrten ihn mit sich
zum einzigen Baum, einem halbtoten Cottonwood, der

am Rande des ausgetrockneten Tümpels wuchs. Sie warfen das Rohhautseil über den einzigen Ast, an dem noch ein paar schon fast verdorrte Blätter hingen. Tucker fiel in die Knie und streckte den Cheyenne flehend seine Hände entgegen.

»Stirb, Tucker«, sagte das Mädchen, und da zogen ihn die beiden jungen Cheyenne am Seil hoch.

Wanowah wandte sich ab, und da sah sie den Reiter, der zwischen den Felsen sein Pferd gezügelt hatte. Es war Chris Kane, der dort im Mondlicht regungslos im Sattel saß, die Winchester quer vor sich in der Armbeuge haltend. Auch die beiden Cheyenne bemerkten ihn jetzt. Sie ließen Tucker sofort zu Boden fallen, und einer von ihnen griff nach dem großen Messer in seinem Leibgurt.

Wanowah hob die Hand. »Laß ihn«, sagte sie zu ihm. »Er ist mein Freund.« Der Junge ließ den Griff des Messers los.

»Ich wollte dich zurückholen, Wanowah«, sagte Chris.

Wanowah ging auf ihn zu und blieb dicht vor seinem Pferd stehen.

»Dann bist du vergeblich hierher gekommen«, sagte sie und blickte zu ihm auf.

»Mein Vater meint, daß du bei uns sterben würdest«, sagte Chris. »Aber das glaube ich nicht.«

»Dein Vater hat recht«, antwortete Wanowah. Sie drehte sich um und ging zu den beiden Cheyenne zurück.

Chris steckte seine Winchester in den Scabbard zurück. Langsam ritt er in die Mulde hinein und zügelte bei dem Leichnam von Jim Tucker das Pferd. Einige Sekunden lang blickte er auf ihn hinunter. Dann zog er sein Pferd herum.

»Wir werden euch die Herde bringen«, sagte er zu den Cheyenne.

»Die Herde kommt für uns zu spät«, sagte Wanowah.

Chris nickte. Er wußte nicht, was er ihr darauf noch hätte sagen sollen. Er hob die Zügel und ritt langsam den Weg zurück, den er gekommen war. Im Canyon traf er auf seinen Vater. Er sagte ihm, daß Tucker tot war.

»Wer hat ihn umgebracht?« fragte sein Vater.

»Wanowah«, sagte Chris und gab seinem Pferd die Sporen.

KAPITEL 11

Am Ende des Trails

Lieutenant Burton hob die Hand.

»Haaalt«, rief er, und hinter ihm zügelte die lange Zwei-
erreihe ihre Pferde.

»Sergeant!«

»Yes, Sir?«

»Lassen Sie den Taleinschnitt auskundschaften!«

»Zu Befehl, Sir.« Sergeant Lee rief einen Arapahoe-Scout
zu sich und erklärte ihm, was zu tun war. Der Indianer in
seiner verstaubten Uniform und den kurzgeschnittenen
Haaren jagte auf seinem struppigen Pferd davon. Nach
ungefähr zehn Minuten kam er zurückgeritten.

»Ein Toter«, sagte der Indianer kurz. Dann legte er die
Hände an den Hals und sagte: »Aufgehängt!«

Burton zog die Brauen zusammen.

»Ein Weißer?«

Der Arapahoe nickte. Burton gab den Befehl zum Weiterritt. Sie näherten sich dem Taleinschnitt, und plötzlich
sahen sie den Cottonwood, an dem ein Mann hing.

Lieutenant Burton und Sergeant Lee ritten hinüber.
Burton nahm schnell einen Schluck aus seinem Flach-
mann, als er das entstellte Gesicht des Erhängten sah.

»Jim Tucker«, sagte der Sergeant trocken. »Den Spuren

nach ist er einigen Indianern in die Hände gefallen, Sir. Sie haben ihn vom Talausgang hierhergeschleift. Es ist möglich, daß im Tal noch Indianer sind.«

»Cheyenne?«

»Das sieht man an den Fußabdrücken nicht, Sir. Aber ich denke, daß es Cheyenne waren.«

»Hier?«

»Warum nicht, Sir? Vielleicht wollten sie sehen, ob die Armee Wort hält und die versprochene Herde auf dem Weg ist.«

»Das ist möglich«, antwortete der Lieutenant. Dann riß er sein Pferd zurück und ritt zu der wartenden Kolonne zurück.

»Lassen Sie den Mann herunterholen!« schnauzte der Lieutenant einen Corporal an. Dann wandte er sich an seine Männer. »Es ist möglich, daß wir im Tal auf Viehdiebe oder Cheyenne stoßen! Haltet die Augen offen!«

*

Big Jack Kane und sein Sohn Chris, die an der Spitze der Herde ritten, sahen die Kavalleriekompanie zuerst. Der Ausdruck im Gesicht des Ranchers verhärtete sich sofort, und Chris zog sein Winchestergewehr aus dem Scabbard.

»Sergeant McLean!«

McLean und sein Rekrut kamen nach vorne geritten und zügelten neben dem Rancher ihre Pferde.

»Das sind unsere Leute, Kane!« rief McLean begeistert und klopfte sich auf die Schenkel.

»Wer ist der Mann an der Spitze?«

»Lieutenant Burton.«

Big Jack Kane nickte.

»Sie werden ihn gefangennehmen müssen, Sergeant«, sagte er mit harter Stimme. »Er wird sich vor einem Kriegsgericht zu verantworten haben.«

»Verrückt geworden, Kane?« schnappte McLean kopfschüttelnd. »Es gibt nichts, was man Burton anhängen kann. Gut, er hat den Befehl erhalten, die Kompanie zum Medicine Creek zu führen. Aber das ist alles. Er wird jederzeit erklären können, warum er die Tuscanora-Hügel nicht durchritten hat.«

»Sergeant, Sie sind ein Narr«, sagte der Rancher. »Frank Payton und ich haben am Feuer miteinander gesprochen. Cole Peacock lebt noch, und er wird vor Gericht aussagen, daß Burton und Tucker unter einer Decke steckten. Das sind Zeugenaussagen, die dem Lieutenant das Genick brechen werden.«

McLean wurde unsicher. Hinter ihm kam Silas Reed herangeritten. Er hatte die letzten Worte gehört.

»Ich glaube, ich werde ihn einfach niederschießen wie einen räudigen Hund«, sagte der Scout. »Ich habe mit dem Jungen gesprochen. Peacock weiß Bescheid. Er hat gelernt, seine Augen und Ohren offenzuhalten.«

»Dann . . . dann . . .« McLean wandte sich an seinen Rekruten. »Nimm dein Gewehr in die Hände, Junge. Wir werden jetzt Lieutenant Burton in Gewahrsam nehmen.«

»Mit großem Vergnügen, Sergeant!« grinste G. P., nahm seine Winchester und hob die Mündung dem anreitenden Offizier entgegen.

Burton ließ seine Truppe anhalten und zügelte dicht vor den Texanern sein Pferd.

»Was bedeutet das, Sergeant?« fragte er unwirsch und zeigte auf G. P. und das Gewehr.

Sergeant McLean seufzte.

»Lieutenant, Sie sind verhaftet!« stieß er hervor. »Nehmen Sie die Hände vor die Brust und bleiben Sie still im Sattel sitzen. Der Junge hat Befehl, Sie zu erschießen, wenn Sie eine verdächtige Bewegung machen!«

»Das ist lächerlich, Sergeant«, erwiderte der Lieutenant, nachdem er sich gefaßt hatte.

Sergeant McLean runzelte die Stirn.

»Sicher, Sir, aber es kann trotzdem nicht geändert werden.« Er trieb sein Pferd vor und hielt neben dem Lieutenant an. »Bitte, Sir, Ihren Revolver!«

Lieutenant Burton öffnete die Tasche und zog den Revolver heraus. Für einen Moment schien er sich zu überlegen, ob er sich widerstandslos ergeben sollte.

»Sir!« sagte McLean und streckte seine Hand aus. Der Lieutenant gab ihm den Revolver.

*

John Miles fuhr sich mit den Fingern durch das weiße Haar.

»Vor zwei Tagen, Mister Kane«, sagte er. Seit ihn Chris das letzte Mal gesehen hatte, war der Indianeragent John Miles um Jahre gealtert. Seine Augen lagen in tiefen Höhlen, und er saß vornübergebeugt in seinem Stuhl, die nervigen Hände zu Fäusten geballt.

Big Jack Kane bewegte den Kopf. Er konnte es nicht glauben. Aber in John Miles Augen lag die Wahrheit. Die Cheyenne hatten die Darlington-Agentur verlassen. Sie waren auf dem Weg nach Norden in ihre Heimat am Pulver-Fluß.

»Die Truppen sind ihnen auf den Fersen«, erklärte John

Miles. »Aber ich glaube, daß sie sich lieber erschießen lassen, als daß sie wieder hierher zurückkämen.«

»Und was geschieht nun mit den Rindern, Miles?« fragte Chris.

»Treiben Sie sie nach Fort Sill. Ich habe alles mit den zuständigen Behörden besprochen und geregelt. Ihre Rinder werden den Comanchen und den Kiowas verfüttert.«

»Was?« rief Big Jack Kane ungläubig. Dann lachte er auf. »Sie werden es kaum glauben, Mr. Miles, aber wir mußten uns alle Mühe geben, daß die Kiowas unsere Tiere nicht bekamen.«

Hinter Big Jack Kane und Chris öffnete sich die Tür, und ein Hauch von frischem Seifenduft schwebte in den kleinen Raum. Die beiden staubbedeckten Reiter drehten sich um, und da stand die massige Gestalt einer Frau, die Big Jack Kane sofort erkannte, obwohl er sie noch nie gesehen hatte.

Er humpelte auf den Krückstock gestützt auf die Frau zu und gab ihr seine Hand.

»Sie müssen Judy Boone sein«, sagte er. »Jeff hat uns die ganze Zeit von Ihnen erzählt.«

»Schade«, sagte sie. »Ich hoffte, er würde mich von hier wegholen.«

»Das hätte er getan, Ma'am«, antwortete Big Jack Kane. »Ganz bestimmt hätte er das getan.«

Die Frau senkte einen Moment den Kopf. Als sie ihn wieder hob, lächelte sie.

»Es war ein Traum, Mr. Kane, aber ich glaube, solche Träume werden nur für junge Leute wahr.« Und mit diesen Worten trat sie zur Seite, so daß sie alle Wanowah sehen konnten, die hinter ihr eingetreten war. Sie nahm das Mädchen bei der Hand und führte es in den Raum.

Chris trat schnell einen Schritt auf sie zu, und er wußte in diesem Moment, daß Wanowah nicht mehr versuchen würde davonzulaufen.

»Wanowah«, sagte er leise. »Du bist nicht mit deinen Leuten nach Norden geflohen?«

In ihrem Gesicht rührte sich nichts, während sie ihm in die Augen sah.

»Meine Leute fliehen in den Tod«, sagte sie leise, und ihre Augen füllten sich mit Tränen.